의원강호

기공흑마 신무협 장편소설

ORIENTAL FANTASYSTORY & ADVENTURE

dream
books
드림북스

의원강호 8

초판 1쇄 인쇄 / 2016년 1월 20일
초판 1쇄 발행 / 2016년 2월 1일

지은이 / 기공흑마

발행인 / 오영배
책임편집 / 편집부
펴낸 곳 / (주)삼양출판사 · 드림북스

주소 / 서울시 강북구 도봉로 173
대표 전화 / 02-980-2112 팩스 / 02-983-0660
편집부 전화 / 02-980-2116 팩스 / 02-983-8201
블로그 / blog.naver.com/dreambookss

등록번호 / 제9-00046호
등록일자 / 1999년 3월 11일

ISBN 979-11-313-0450-1 (04810) / 979-11-313-0216-3 (세트)

* 지은이와 협의하에 인지는 생략합니다.
* 잘못된 책은 구입한 곳에서 바꾸어 드립니다.

이 도서의 국립중앙도서관 출판시도서목록(CIP)은 서지정보유통지원시스템홈페이지
(http://seoji.nl.go.kr)와 국가자료공동목록시스템(http://www.nl.go.kr/kolisnet)에서
이용하실 수 있습니다. (CIP제어번호: 2016001228)

의원강호

기공흑마 신무협 장편소설

8

ORIENTAL FANTASYSTORY & ADVENTURE

dream
books
드림북스

목차

第一章
당황, 놀람, 분노

"운현아!"

바로 오신 건가.

저 멀리서부터 들려오는 목소리는 익숙하기만 했다. 아버지의 목소리다.

'소식을 듣자마자······.'

바로 달려오셨겠지. 모든 일을 제쳐 두고 급히 달렸을 거다. 자신을 향해서.

말로는 잘 표현할 줄을 몰라도, 자신의 아버지는 언제나 그런 분이었으니까.

다시 얻은 삶을 감사히 여길 만큼이나 드넓고 높은 부정을 가지신 아버지다.

"아버지!"

"소식 들었느냐?"

운현의 아버지는 잔뜩 땀에 전 채였다.

이통표국과 의방의 거리는 그리 멀지 않다. 그럼에도 절정
인 이후원이 이 정도 거리에 땀을 흘린다는 건 그 의미가 뻔
했다.

'전력……'

온 힘을 다해서, 한 올만큼의 진기도 아끼지 않고 달렸을
거다.

"예. 저도 방금 들었습니다. 안 그래도 바로 표국으로 갈
까 했습니다. 아버지와 상의를……."

"그럴 것 같아서 이 아비가 먼저 왔다. 당장, 네가 표국으
로 오는 것보다 이게 나을 듯했으니까."

"……예."

형인 명학이 당했다는 소식을 듣자마자 달려왔다는 게 의
미하는 건 뻔했다.

명학의 소식을 들은 이후원은 한 가지만을 떠올렸을 것이
다.

'막내를 보내야 한다.'

아들 중에 신의로 이름을 날리는 막내가 있으니, 당연히

드는 생각이다.

그런 생각이 들지 않는 게 이상하다.

운현 또한 형이 있을 무당으로 움직일 생각부터 들었으니 다른 생각을 했을 리는 없다.

그리고 이곳에 급히 달려왔다는 건, 자신이 움직이기 위해 준비할 시간마저 아끼자는 뜻일 거다.

표국에 가서, 무당에 가는 걸로 상의를 하고, 다시 의방에 와서 준비를 할 그 짧은 촌각의 시간이 이후원의 마음에 걸렸을 터였다.

'무당에 있는 의원들이 분투하고 있을 걸 뻔히 아실 텐데……'

어쩌면 무당에 있는 의원이 아닌, 외부의 의원들까지도 올 것을 이후원이 모를 리가 없었다.

그의 형이 당해서 아니라, 무당제자로서의 형이 당했으니 무당은 어떻게든 형을 살려내려 하고 있을 거다.

지금 이 순간에도.

호북성. 무당의 영역이라고 하는 곳에서 무당 제자가 당한 것은 그만큼의 큰일이다.

운현이 조금은 안쓰러운 눈으로 아버지를 바라볼 즈음, 이후원이 작게 흐트러졌던 호흡을 정리했다.

"네 의방의 일도 분명 큰일임을 알고 있다. 하지만…… 이

못난 아비가 또 부탁을 해야겠구나."

첫째인 명학도 소중하지만, 막내인 운현이라 안 소중할까.

아들 운현이 의방에서 어떤 역할을 하는지 그가 모를 리가 없다.

운현이 벌이고 있는 일이 결코 하찮은 일이 아님을 누구보다 잘 아는 이후원이다.

하지만, 역시 아들 중 하나가 당했다는 소식은 그 모든 경중(輕重)을 제쳐둘 만큼 큰일이었다.

"아닙니다. 형의 일 아닙니까? 안 그래도 소식을 들었을 때 저도 그리 생각하고 있었습니다."

"그렇더냐. 너도 네 일이 있음인데…… 항상 미안하구나."

"아버지."

"……."

미안해할 필요가 있겠는가. 형도, 아버지도 미안해할 일이 아니다.

미안해할 자는 그의 형을 노린 자이지, 가족이 미안해할 이유는 그 어디에도 없었다.

그렇기에 운현은 아버지를 직시하며 말했다.

"아버지가 미안해하실 일이 아닙니다. 아버지는 아버집니다."

진심을 담아 본다. 경황 중이지만, 항시 자신에게 미안해하는 아버지에게 이 말만은 해야 했다.

"결코 이런 일로 미안해하실 이유가 없는 분이 바로 아버
집니다."

"……그래."

"아버지시니까요."

아버지. 그 말 한 마디면 충분했다.

"고맙구나."

아버지의 따뜻한 손이 운현의 어깨를 맞잡는다.

자신이 좀 더 어렸더라면, 머리라도 쓰다듬어 주셨을 거
다. 분명히.

왠지 모를 아쉬움이 운현의 머리로 스쳐 지나간다.

'빠르게 준비해야겠구나.'

의방에 잠시 집중을 할 수 있나 했더니, 또 떠날 때가 와
버렸다.

*   *   *

운현은 마음이 급했다.

떠나야 할 상황이니 급하지 않으면 그게 더 이상했다.

허나 마음이 급하다 해서, 행동마저 급히 해서는 안 됐다.

그리해서야 빈틈만 생길 뿐이다.

이럴 때일수록 다급하게보다는 침착하게 움직이는 게 중요하다는 걸 그동안의 경험으로 아는 운현이었다.

"어지간한 약재야 무당파에 있겠지. 그래도 영약에 쓰던 재료들은 몇 챙겨 둬야겠군."

우선 가져갈 만한 재료부터 챙기길 주저하지 않았다.

그의 손에 집히는 것들 모두가 귀한 것투성이다.

영약 연구 그도 아니면 자신을 위해서 쓰려고 모아 놓은 것들이다.

아까울 법도 하건만 형제를 위한 것이라 생각해서인지 주저함 따위는 단 일 푼도 보이지 않는 운현이다.

'약초를 챙기는 거야 쉬운데……'

당장에 짚이는 약초들을 가져가면 될 일이다. 혹여나 부족한 것들은 어떻게든 구해 쓰면 될 거다.

문제는 치료의 가능 여부도, 그에 쓰일 약초도 아니었다.

'여기가 문제지.'

당장 형을 치료하기 위해 움직인다고 하지만, 의방이 마음에 걸리지 않을 수가 없었다.

형도 형이지만, 자신이 책임지는 자들이 있는 의방도 중요할 수밖에 없는 것이다.

'걸리는 게 많긴 하군.'

이제 막 돌아가기 시작한 약초밭. 아이들을 위해서 준비해

왔고, 더 준비해야 할 무공. 여러 가지 사안들이 그의 머리를 헤집는다.

그래도 현실적으로 인정할 건 인정해야 했다.

그의 몸은 하나고 당장 할 수 있는 건 한 번에 하나다.

'아이들에게 해석해 줘야 할 무공서 몇도 챙겨야겠군. 다른 분야도 챙겨 줘야겠고.'

그나마 움직이면서도 할 수 있는 것이 있다는 게 다행이라면 다행이었다.

그리고서도 마지막으로 걸리는 건 역시,

"남궁 소저군……."

사람과 사람 간의 관계가 아니라, 남궁가와 계약한 바가 있지 않은가.

명목상이라고는 하지만 상호 교류를 위해서 온 남궁미이니 챙겨 주기는 해야 했다.

"벌인 일만 많고 매듭지은 건 없으니…… 이 일만 잘 끝나면 수습을 해야겠군. 어쨌거나 할 수 있는 것부터 해야겠지."

그리 마음을 먹으며 채비를 마치고 있는 운현이었다.

* * *

"다녀오세요. 신의님이시라면 잘하실 거라 믿습니다."

남궁미는 의외로 흔쾌히 그를 보내주는 것을 허락했다.

형을 치료하러 가는 길이니 애시당초 그를 막을 수 있는 방법은 없었다.

형을 치료하겠다는데, 누가 막으랴.

하지만 그동안 남궁미가 보인 행태를 생각하면, 흔쾌히 보내주는 건 꽤 의외이기는 했다.

운현으로서도 그녀가 적어도 같이 가자고 조를 것 정도는 예상을 했던 것이다.

그런데 그냥 보내주다니, 되려 운현이 물었다.

"괜찮습니까?"

"뭘요?"

운현의 물음에도 그녀는 모르겠다는 태도다.

"솔직히 같이 움직이신다고 하면 같이 움직일 수도 있습니다만은…… 너무 의외여서 말입니다."

"전이었더라면 그랬을지도 모르죠. 하지만 해야 할 일이 있으니까요."

"해야 할 일이시라면 무엇이?"

교류를 위해서 온 그녀다. 비록 명목에 불과하지만, 어쨌거나 지켜져야 하는 명목이다.

그런데 운현이 떠나게 되면 그런 명목상의 교류도 힘들게 되지 않겠는가.

그럼에도 해야 할 일이 남아 있는 건가?

설마 남궁가에서 따로 시킨 일이라도 있는 건가 하는 생각을 그가 할 때쯤, 그녀의 대답이 들려왔다.

그로서는 생각지 않았던 의외의 답이었다.

"수련을 해야지요. 대련을 통해서 얻은 걸 정리해야 하니까요."

"아……"

수련이라니. 꽤 단순한 답이기도 했다.

'그녀답기는 하군.'

생각지도 못한 답이었기에, 의외라는 느낌이 들기는 했으나 이내 그는 수긍했다.

여자의 몸으로도 남자만큼이나 무공을 좋아하는 그녀이지 않은가.

여인이기 전에 무림인이기를 원하는 그녀이기도 하고.

그런 그녀에게 있어서 그동안 운현과의 대련에서 계속된 패배는 호승심을 불러왔을 거다.

그러니 수련을 위해서 잠시 시간을 할애하는 것도 결국 그녀다운 답인 거다.

"소저라면 잘하실 겁니다."

"노력해야지요. 아직 많이 부족하니까요. 그럼 무운을 빕니다."

"……감사합니다."

운현은 명문세가의 자제다운 남궁미의 예에 같이 답을 하였다.

'바로 움직여 볼까?'

이른 아침은 아니지만, 지금 당장에라도 출발하려는 그의 뒤로 남궁미의 목소리가 들려왔다.

"저야 이야기를 했지만, 출발하시기 전에 하연화 소저도 봐 두는 게 좋을 거예요. 제갈소화 소저도요."

"음?"

무슨 의미일까? 그녀를 봐 두고 떠나는 게 좋을 거라니?

눈치 하나 없어 보이는 운현의 모습에 남궁미가 작게 한숨을 내쉰다.

남궁미 자신도 숙맥이지만, 운현은 확실히 더한 감이 있었다.

"……그게 좋을 거예요. 적어도 인사라도 해 두세요. 급한 상황이지만 무당파에서도 잘하고 있을 테니까요."

"……그렇긴 하겠지요. 일단은 알겠습니다."

말을 마치고 가는 그의 뒷모습을 남궁미가 하염없이 바라보고 있었다.

꽤나 오랜 기간 보지 못할 것처럼.

그리고 이내 그도 들리지 않을 만큼 작게 중얼거린다.

"손이 많이 가는 사람이야."

         *   *   *

"엇?"

고풍스러움을 담아 가고 있는 남궁미의 작은 장원을 나서 자 익숙한 인형들이 보였다.

남궁미가 들러 보라 말했던 하연화와 제갈소화 그리고 의 방 의원 우진이었다.

자신이 들러서 보아야 할 거라 여겼던 그들이 있자, 운현 으로서는 놀랄 수밖에 없었다.

"연화 소저?"

"후후. 역시 이곳부터 들리셨네요."

"예. 남궁가와 약조한 바가 있으니까요."

"그것도 그렇죠."

운현의 말에 그녀가 조금이지만 씁쓸함을 내비쳤다. 운현 으로서는 알 수 없는 씁쓸함이었다.

허나 그런 작은 씁쓸함도 이어지는 운현의 말에 금세 잦 아들었다.

"안 그래도 들르려고는 했습니다만은……."

"들러요? 호홋. 신의님이요?"

"예. 남궁미 소저가 그러는 게 좋다고 말하더군요."

"흐응…… 빚을 졌네요."

"빚이요?"

"그런 게 있어요."

뭐가 빚이라는 걸까. 가끔이지만 여인들은 알 수 없는 말을 하고는 한다.

그때, 가만 둘의 대화를 바라보던 제갈소화도 나서 물었다.

"남궁미 소저가 저도 보라고 하셨겠지요?"

"예. 그렇기는 했습니다만은?"

"……역시 그렇군요."

제갈소화도 하연화와 같이 묘한 표정을 짓는다.

그녀들의 모습에 왠지 모르게 어색함을 느낀 운현이 분위기를 새로 바꾸려는 듯 다른 말을 꺼내어 본다.

"그나저나 무슨 일로 오신 건지요? 설마 다른 일도 벌어진 겁니까?"

"아니요. 신의님이 또 멀리 가실 테니 한번 뵈려고 온 거죠."

하연화가 대표로 말한다.

그녀로서는 운현에게 섭섭함이 남아 있어도 전혀 이상치 않았다.

소식을 전해 주자마자, 이후원이 찾아왔고 바로 채비를 하던 운현이 아니던가. 그녀는 내팽개치고 말이다.

상황이 급하기에 이해는 하지만, 그녀도 사람이니 섭섭지 않으면 그게 더 이상하다.

그럼에도 그런 섭섭함을 내보이기는커녕, 운현을 마중 나왔으니 마음 씀씀이가 고왔다.

"남궁미 소저가 이야기를 안 했으면…… 못 뵙고 갔을지도 모르겠네요."

"예. 그래도 급한 일이신 걸 아니까, 잠깐 얼굴이라도 뵈려고 한 거예요."

"감사합니다."

정이려나. 왠지 모르게 따뜻해지는 마음에 운현이 진심을 표한다.

"당연한 거지요. 후후. 있는 동안은 의뢰는 확실히 수행할 테니 걱정 말고 다녀오세요."

"예!"

의뢰라.

아이들을 위한 사람들에서부터, 새로운 의원, 무사까지.

하오문을 통해서 구하고 있는 자들이야 수두룩하니 넘쳤다.

그녀가 그런 의뢰를 제대로 수행해 준다 말을 했으니 걱정은 하지 않아도 될 거다.

"의방도 너무 걱정은 하지 마세요. 한울 공자의 빈자리도 슬슬 메꿔지고 있으니까요."

"제갈 소저 덕분이지요."

학사 출신의 한울.

총관인 제갈소화와 다른 방면으로 의방의 안살림을 맡던 그는 현재 바삐 출타 중이다.

함녕, 적벽, 등산을 넘어 다른 곳에 생겨나는 의방들을 그가 관리하기 위해 떠났기 때문.

운현을 제외하고 가장 바쁜 그가 떠나니, 잠시지만 의명 의방에 혼란이 오기는 했었다.

의방에서 그가 맡은 부분이 생각 외로 많았던 것이다.

덕분에 총관으로서 꽤나 바빠졌던 제갈소화지만 이제는 제법 자리를 잘 잡았다.

"정말 한울 공자가 그리 일을 많이 할 줄은 몰랐다니까요."

"그래도 금방 채워 주시지 않았습니까?"

"칭찬으로 들을게요. 자아, 이제는 슬슬 움직이셔야 하는 거죠?"

"예. 급한 일이니까요."

그제야 지금껏 대화에 전혀 끼지 않던 의원 우진이 한걸음

걸어 나왔다.

뜻은 명백했다. 대화를 하고자 하는 몸짓이었다.

"우진 의원?"

"잘 다녀오시지요. 그리고 이건⋯⋯."

의원 우진이 품에서 조심스럽게 무언가를 꺼내어 든다.

"오래전부터⋯⋯ 의방의 의원들과 함께 준비한 겁니다."

"음⋯⋯."

그가 품에서 꺼낸 것은 잘 쓰여진 서책이었다.

'의명총의서(意名總醫書)라니⋯⋯ 꽤 멋들어지기는 한데. 뭘까.'

이 상황에서 영약이나, 약초와 같은 것이 아니라 서책을 줄 것이라고는 생각지 못했던 운현으로서는 뜻밖의 책이었다.

"⋯⋯감사합니다. 그런데 대체 뭐지요?"

"의방의 의원들이 함께 준비한 겁니다. 비록 신의님에게는 미치지 못하나 조금이나마 도움이 되었으면 하는 바람으로 쓴 거지요."

그의 말에 운현이 놀란 마음으로 다시금 물었다.

"설마 의서인 겁니까?"

"예. 부족하지만⋯⋯ 의서라면 의서이지요. 부족하기는 하나 모든 것을 담았습니다."

"허어."

의서라니.

무림인에게 가장 중요한 것이 무공서라면, 의원에게 가장 중요한 건 의서다.

길가에 있는 서림(書林)에서 살 수 있는 그저 그런 의서를 말한 것이 아니다.

의방에 있는 많은 수의 의원들이 함께 준비했다는 말은.

'그들이 가진 모든 지식……'

어쩌면 그들이 평생 동안 이루어 놓았던, 의학에 대한 경험들이 녹아 있는 의서일지도 몰랐다.

그들이 모든 것을 담았다고 하니, 그가 상상하는 만큼의 가치는 충분히 될 거다.

그렇기에 감히 운현으로서는 손에 쥐어진 의서를 함부로 여길 수가 없었다.

몇 명이 참여했을는지는 몰라도, 그들에게 모든 걸 받은 것이나 다름이 없었으니까.

"대체 언제……."

"이미 저희는 신의님에게 많은 것을 받지 않았습니까? 신의님은 별거 아니라 칭하셨지만요."

의학, 약학. 그가 알려 줄 수 있는 범위까지는 아낌없이 풀어 왔던 운현이다.

왕 의원으로부터 배웠던 기초에서부터, 정제에 이르기까지 정말 많은 것을 가르쳤다.

기초적이긴 하지만 수술에 관련된 것도 가르쳤을 정도다.

물론 수술의 경우 많은 것을 가르쳐 줄 수가 없었다.

'감염이 문제…….'

자신이야 항생제를 떠나, 아직까지도 밝혀지지 않은 많은 효능을 가진 선천진기를 익혔다지만 의원들은 아니잖은가.

그러니 수술 중 혹은 수술 후에 일어날 감염에 대한 것들을 다른 의원들은 책임질 수가 없었다.

운 좋게 내공을 가진 무림인들을 치료한다면야, 그들이 가진 내공의 저항력 덕에 또 모르지만.

'양민들은 그게 아니니까…….'

무언가를 알고 있으면, 특히나 그것이 사람을 살릴 수 있는 기술이라면 쓰고 싶은 것이 인지상정.

그러니 수술의 기술은 기초 정도, 혹 모를 응급치료 정도는 가르쳐 놓았어도 깊게는 가르쳐 놓지 않았던 그다.

'혹여 나중에 무당파의 빛이나 다름없는 선천생공과는 다른 무공이라도 구한다면야 그때는 또 모를 일이지만…….'

그때까지는 수술에 관한 기술은 여전히 그만이 깊이 아는 지식이다.

당장 선천생공을 가르쳐 준다고 하더라도, 선천진기를 쌓는 일 자체도 지난한 일.

여러모로 걸리는 게 많았다.

선천생공과는 다른 방식으로 선천진기를 쌓는 무공이 있거나, 선천진기를 쉽게 얻게 할 어떤 방법이라도 있어야 했다.

어느 쪽도 쉽지 않았다.

'어려운 일이지. 거의 불가능해.'

덕분에 한춘석이 애써 의원들에게 만들어 준 수술 도구 중 다수가 안 쓰이는 것이야 일단은 넘어가자.

그러나 수술 도구 같은 것을 떠나, 운현이 그들에게 정말 많은 것을 가르친 것은 부정할 수 없는 사실이었다.

모두 그의 꿈을 위해서였다.

많은 사람, 적어도 호북에 있는 자들의 고통을 덜어주었으면 하는 꿈을 위한 행동이었다.

보답을 바라고 한 게 아니었다.

명의가 되라고 말하였던, 스승 왕 의원의 말을 좇아오다 보니 여기까지 온 것뿐이다.

그런데.

"……정말 감사합니다. 정말…… 정말로요."

그걸 이런 식으로 보답을 받을 수 있을 줄이야.

언제나 의원들을 가르쳐야 하고, 의방을 만들어 주며, 그들에게 주어야 한다고만 여겼던 그다.

언제나 자신은 주어야 하는 자라고 무의식적으로 생각해 왔던 운현이었다.

그런 그에게 눈앞에 주어진 의서는 정말 생각지도 못한 선물이었다.

의서의 안에 쓰여진 내용이 무엇이든 간에, 그 무엇보다 가치 있는 책이다.

진심으로.

"······가는 동안 확실히 익혀 보겠습니다."

운현이 가치를 알아줘서인가. 우진의 눈시울이 괜스레 붉어진다.

그것이 부끄러웠던지 그가 괜히 농을 부려 본다.

"하핫. 너무 빨리 익히시면 저희가 다 부끄럽지 않겠습니까? 그래도 나름 많은 것을 담은 것입니다."

"그게 그렇게 되나요?"

"물론입지요. 저희들의 모든 것을 담았습니다. 비록 부족하지만······ 그 부족함은 신의님께서 채워 주시지요."

"여부가 있겠습니까."

의방에 함께하는 자들이 준 선물이다.

그 무엇보다 가치가 있었으며, 앞으로 그 가치를 더해나 갈 의서다.

그에게 있어서는 왕 의원이 남긴 의서들만큼이나 귀한 것
을 얻었다.

그러니.

'이 안을 채워 나가는 건 내 몫이겠지.'

이 의서는 자신에게 주어진 좋은 숙제이며, 동시에.

"이 다음에는 같이 진행함이 어떻겠습니까?"

"신의님께서 괜찮으시다면 반대하는 의원들은 없을 겁니
다."

"후후. 예."

함께 뜻을 가지고 가는 이들과의 모든 것을 나누는 증표
가 되어 줄 것이다.

처음 시작은 아주 작은 의미로 전달된 의서였으나, 이곳
에 있는 자들은 모두 직감했다.

비록 지금은 단 한 권의 의서일 따름이지만 시간이 지난다
면 그 가치는 계속해서 더해질 것이란 걸.

의명총의서.

후(後)에, 운현이 만든 의방의 모든 것이며 동시에 그의 정
신이 깃들었다 하는 의명총의서가 처음 모습을 드러냈다.

第二章
무당파를 향하다

　호북에서 호북으로 이동하는 것이라지만 넓다.

　성 하나가 나라로도 불리던 때가 있던 중원이니 당연한 이야기였다.

　이미 호북 내에서 몇 번이고 움직이는 것이지만, 움직인 경험이 많다고 거리가 줄어들지는 않았다.

　게다가 무당은 북쪽, 그가 있었던 등산은 남쪽의 끄트머리에 가까우니 더 멀 수밖에 없었다.

　허나 쌓아 놓은 내공이 있으니, 위로 더 위로 경공을 펼쳐 움직이는 것이야 쉬웠다.

　정 안 되면 마차라도 동원해서 쉼 없이 움직이는 것도 방법이라면 방법이었다.

편해지고자 한다면 편할 방법이 넘친다는 소리다.

"휴우…… 여전한 건가."

하지만 등산, 함녕을 지나 그 위로 올라가는 그의 마음은 가벼울 수가 없었다.

무거웠다. 아니 무거울 수밖에 없다는 게 정확하리라.

다른 이들의 상태를 쉬이 파악할 수 있는 그의 기감은 무인이고 양민이고를 가리지 않았다.

아니 오히려 양민이기에 더욱 쉬이 느낄 수 있었다.

기의 총량, 기의 농밀함 등이 무인보다 떨어지니 읽는 것이 더욱 쉬웠다.

그런 그의 기감에서 느껴진다.

'여전히……'

아픈 자가 많다. 여전하다고 할 만큼. 확실히.

'저 사람도 상태가 별로 좋지는 않아.'

영양 상태가 안 좋은 이. 지병을 키우고 있는 사람. 가진 지병을 잘 치료하지 못하는 사람.

아직 어림에도 제대로 자라지 못하고 있는 듯 보이는 아이까지.

아파 보이는 자도 많고, 신경 쓰이는 자는 더욱 많았다.

많은 경험을 쌓음으로써 얻은 기감은 특별한 편이기에 더욱 잘 느껴졌다.

무인의 기운이, 젊은이의 맥이 맥동하는 기운이라면 지금 그의 주위로 느껴지는 맥들의 기운은 노인도 못 되었다.

무인보다 양민들의 기운이 약한 것이야 당연하다지만, 이건 너무 심하였다.

자신이 새로 새운 의방이 있는 함녕까지만 하더라도 이 정도는 아니었다.

무상으로 치료를 해 줄 정도는 아니어도, 원일 상단과 형의문 문주들의 도움으로 전보다 나아졌다.

아픈 자가 없다 하면 거짓말이지만, 지금 그가 서 있는 황석(黃石)현만큼 아픈 자들이 많지는 않았다.

'등산에서 함녕, 그곳을 넘어 단지 하나의 현을 더 위로 올라왔을 뿐인데…….'

너무 큰 차이가 있었다.

지역이 다른 정도가 아니라, 질병의 정도가 다르다 느껴질 정도다.

그의 손길이 뻗는 곳은 그나마 나아지고 있지만, 그의 손길이 뻗지 못하는 곳은 여전하다는 소리다.

아니 어쩌면.

'더 악화되고 있는 걸지도…….'

상황이 안 좋아지고 있는 걸지도 몰랐다.

하기야 호북에서 일어난 일만 하더라도, 요 몇 년 사이 몇이나 되던가.

토사곽란에 산적들이 들끓었고, 강시도 출몰했었으며 살아남은 산적들은 아직도 횡행하고 있다.

난세에 가까운 상황이라면 상황이니 호북에 아픈 자들이 넘치는 것도 이상한 일은 아니었다.

시대를 막론하고 언제나 그러하듯, 가장 아픈 자들은.

'가장 밑에 있는 자들……'

그렇기에 지금 그가 스쳐 지나가는 곳. 황석현의 하층민들이 사는 이곳.

아픈 자들이 많을 수밖에 없었다.

그게 현실이다. 그가 바꾸려 노력하지만 여전히 악화되고 있는 현실.

좀 더 힘이 있었더라면, 어떻게든 이곳에 의방을 세우고 이곳 사람들과 협조를 할 수 있었더라면 달라졌을지도 모르겠지만.

'아직은 힘들지.'

황녀가 그녀 나름의 입장으로 제한을 걸어 놓았으니, 손을 쓸 수가 없었다.

"가야지."

또한 그는 자신의 형인 이명학을 위해서 움직이고 있었던

터가 아닌가.

그 개인으로서도 상황이 급한 상황이었기에, 당장은 사람들을 위해 움직일 수가 없는 상황이었다.

사람들을 구하겠다는 꿈을 가지고 있는 주제에, 이기적으로 보일 수밖에 없지만 어쩔 수 없는 일이다.

괜스레 무거워지는 마음을 다스리며, 그가 더욱 위로 움직이기 시작했다.

더 빠르게.

어서 움직여 무거워진 마음을 잊기라도 하려는 듯, 그의 경공이 속도를 더하고 있었다.

*　　　*　　　*

급히 움직이는 운현이 몸을 숨기고 움직일 이유가 있겠는가.

형의 문제도 문제지만, 지은 죄도 없기에 자신이 몸을 움직임에 있어 숨김이 있지 않았다.

오히려 드러내고 움직였다고 할 수 있을 정도다.

도움을 청할 수 있는 곳에는 도움을 청해 말을 빌리며 움직이고, 짧은 뱃길이라도 이용할 수 있는 곳이 있으면 이용하고 봤다.

귀가 빠른 자들, 정보에 정통한 자들은 운현이 지금 어디에서 어디로 움직이는지 파악하고 있을 정도다.

적어도 호북에서만큼은 유명인사인 그이니까.

그런 그의 일거수일투족에 많은 이들의 시선이 집중될 수밖에 없었다.

그중에서도 가장 집중을 하고 있을 자들은 역시.

"움직이는군. 예상대로."

"뭐, 사형이 아니더라도 누구나 예상할 만한 일이긴 했지요. 이번은요."

낭인 사내가 비릿한 웃음을 지어 보인다.

그는 본래부터 사형에게 존경심을 보이던 이가 아니었다.

이들 조직에 어울리지 않게 자유로워 보이며 또한 조직의 대의 안에 자신만의 가치관을 가지던 이다.

그렇기는 하지만 이 정도는 아니었다.

이 정도까지 비릿한 웃음을 짓고, 사형인 주지를 조롱하듯 말하던 자는 아니었다.

근래 무공의 성취가 있어 그러한 게 아니다. 강해졌다 해서 사형을 조롱할 만큼 썩은 사내는 아니었다.

다만,

"이제는 어쩔 겁니까? 이번에는 제 차례인 겁니까? 많이

가기는 했지요."

"……말 조심하거라."

"무얼 조심합니까? 하, 그래. 이미 있었던 사실을 지우기라도 하라는 겁니까? 대의를 위해서라는 자들이…… 그런 식으로 죽은 것도?"

말을 하던 도중 흥분한 것인가. 낭인의 표정에는 고양된 흥분이 가득했다.

주지도 침묵한다. 아주 잠시. 길지 않은 침묵이지만 그 또한 지금의 상황을 옳게 생각하지 않고 있음을 알려주는 침묵이었다.

하지만 침묵과는 다르게, 그가 입 밖으로 내뱉는 말은 전혀 다른 뜻을 가진 말이었다.

"대의를 위해서였다. 모두. 대의를 위해서였지."

"되었소이다. 우리의 대의가 사람을 죽이기 위한 대의였습니까?"

"아니다. 시작은 분명 아니었지."

사내가 다시 묻는다.

전이라면 답을 해 주지 않았을 주지도 이번만은 답을 해 주었다.

꽤 많은 사제들이 죽었다.

넓은 중원 중 호북 하나를 책임지고 있는 그이지만 그도 힘든 것이리라.

"이미 죽은 사람들이 또 생기지 않게 하기 위한 대의였지 않습니까?"

"그래. 그랬지…."

"그러니 대의라 이름을 붙일 수 있었지요. 분명 그것은 대의라 할 만하였으니까요. 하지만…… 지금에 와서는 이게 맞는지 모르겠군요."

"……."

주지의 말에도 상관없이 낭인의 말은 계속해서 이어졌다.

"대의라는 뜻은 옳아도, 그 가운데 이리 많이 죽이고 죽여서야. 핫. 정말 옳은 건지."

무언가 잘못되기는 했다. 대의라는 명목으로 분명 너무 많은 짓을 저질러 버렸다.

'너무 멀리 와 버렸다.'

조직에 남은, 아직까지도 순수성을 가진 자들은 분명 느끼고 있을 감정이다.

하지만, 이제 와서는 그 모든 걸 버리고 왔던 길이기에,

"어쩔 수 없는 거겠지요. 사형도. 저도. 가 보겠습니다. 준비를 해야 할 것 아닙니까?"

어쩔 수 없는 일이다. 가야만 했다. 되돌아가기엔 멀리 왔다.

"그래. 이번만큼은 확실히 처리할 수 있겠지. 확실히."

이번만은 그래야 했다.

안 그래도 적었던 호북의 인원이 아니었던가. 여러 일로 이제는 몇 남지도 않았다.

이래서야, 여력도, 대의도 남지 않는다.

대의도 무엇도 모르는 하부 조직원 따위나 이제 와서는 진의도 파악키 힘든 위의 어르신이라는 자들보다, 대의를 아는 사형제들이 소중한 주지였다.

그게 그의 진심이다.

"안 그래도 그럴 겁니다. 빌어먹을 대의를 위해서가 아니라, 복수를 위해서 다녀올 거라 이 말입니다."

"그래."

"가지요. 멀리는 안 나오셔도 됩니다."

멍하니 서 있는, 전보다는 힘이 빠져버린 주지를 그대로 둔 채로, 낭인 사내가 절을 나선다.

작기만 한 절을 내려가는 길에는 뭐 그리도 많은 사람이 치이는지, 을씨년스러운 풍경 대신 사람들의 분주한 모습이 먼저 들어왔다.

주지를 보러 온 자들이 분명할 거다.

'우습지도 않군……'

위장을 위해서 절을 꾸리고 있는 가짜 주지에게 그들은

무엇을 알기 위해 오는 걸까?

길흉화복? 부처님의 마음?

"픕……."

그로서는 알 길이 없었다. 마음 어디에나 부처가 있다고
하였던가. 그 마음이.

'적어도 나는 아니겠지.'

자신에게 부처가 있을 리가 없다.

낭인이 마음속에 대의를 지운 채로, 복수를 위해서 남쪽
을 향하고 있었다.

＊　　　＊　　　＊

우진과 한울.

운현에 묻혀 잘 알려지지 않았지만, 둘은 지금의 의명 의
방에 있어 없어서는 안 될 인물들이다.

의명총의서를 전한 우진은 의원. 운현이 없을 때 의원들을
통솔하고 이끌어주는 자며, 운현의 정신에 함께 감화된 자
다.

한울은 학사이자, 제갈소화가 맡고 있는 총관역에도 어울
리는 자였다.

운현이 원일 상단의 일로 함녕을 맡았을 때, 그와 함께 적

벽현을 맡았던 자가 그다.

얼마 전까지만 해도 적벽현을 맡다가 돌아온 그는 피로해하기는커녕 여전히 의욕이 큰 상태였다.

무공을 익히지 않았음에도 배포가 컸으며 능력이 부족하지 않은 그들은 지금 여인 하나와 함께였다.

제갈소화. 제갈가의 여식이면서 동시에 의명 의방의 임시 총관직을 맡은 그녀.

그녀의 총관실에 셋 모두가 모여 있었다.

아이들을 가르치고 있을 무사들을 제외하고는 의명 의방을 실질적으로 이끄는 셋이 모두 모여 있는 셈이다.

임시라지만, 그녀가 하고 있는 일은 총관이라는 직함에 부족함이 없었다.

그녀가 제갈가의 여식이라는 것을 떠나, 그녀보다 좋은 총관은 구하기 힘들 터다.

그런 그녀에게 우진이 진지한 기색으로 물었다.

"왜 말씀을 하지 않으셨습니까?"

"무얼요?"

"의서를 말씀드리는 겁니다. 왜 그때에 아무런 말을 안 하신 겁니까?"

의명총의서.

의원 우진이 운현에게 의서를 건네어줄 당시 그녀도 함께였다. 그의 품에서 의서를 꺼내는 것도, 건네어주는 것도 전부 함께 봤다는 소리다.

그런데 그때 그녀는 아무런 말도 하지 않았다.

"처음 의서를 만들자는 생각을 꺼내신 것은 총관님입니다."

"그랬었지요."

"예. 덕분에 저를 포함한 의원들은 신이 났었지요. 의방을 위한 일, 신의님의 은혜를 갚을 수 있는 일을 찾았다 여겼으니 말입니다."

의원들이 처음 생각해 낸 것이 아니라, 제갈소화의 생각으로 의서가 만들어졌다니.

이건 확실히 의외였다.

"미완이지만 의서를 만들어 가던 과정은 분명 좋은 경험이었습니다. 덕분에 많은 걸 얻었지요."

의서를 만들기 위해서 지식을 모았다. 그 지식을 책에 글로 쓰기 위하여 정리했다.

그 과정에서 의원들은 서로의 생각, 의술을 더욱 깊게 교류할 수밖에 없었다.

덕분에 그들의 의술은 전에 비해서 깊어졌다 할 만했다.

그들은 신의인 운현처럼 선천진기를 가지지 못했다. 부러진 뼈를 치료하곤 하는 외과 수술이라는 것도 여전히 하지 못했다.

하지만 이곳에 오기 이전보다 분명 나은 의원이 되었다.

"자부심도, 경험도, 교류도. 많은 소중한 걸 얻었습니다. 분명 그 계기는 총관께서 만들어 주신 거지요."

"후후. 너무 거창하신 것 아닌가요?"

"아닙니다. 의원이 아닌 제가 봐도 확실히 큰일을 하셨지요."

학사 한울이 우진을 대신하여 끼어들었다.

자신의 답은 한울이 채갔으나, 우진도 공감한다는 듯 함께 고개를 끄덕여왔다.

한울의 말은 거기서 끝이 아니었다.

"의서는 물론이고, 의원들과 약초꾼들에게도 많은 걸 전해 주셨죠. 참 많았습니다."

운현은 모르지만 약초꾼들도 바빴다. 그녀가 말한 바를 위해서다.

그들은 의원들과 함께 움직이고 있었다.

의서의 첫걸음을 뗀 의원들은 약초꾼들과 함께 약을 만들기 시작했다.

운현이 얼핏 지나가듯 말했던 '상비약'이라는 개념의 약을 미리 만들어 보기 위해서다.

그뿐이던가.

약초꾼들 사이에서 구전으로만 전해지던 것들을 모아 다시 한 번 정리하고 있었다.

함녕의 약초꾼들이 그 시작이다.

물론 중원 천지에 약초학에 관한 책이 전혀 없는 건 아니다.

하지만, 지역에 맞춰 만들어진 약초서가 본격적으로 만들어지는 건 거의 처음이라 봐도 무방했다.

이 외에도 그녀는 많은 걸 전해 줬다.

아이들을 위해서 운현이 고심하고 있다는 것, 영약이 필요할지 모른다는 것까지.

그리고 가장 중요한 것은 운현의 꿈이 실제 이뤄지기 위해서는 이곳에 있는 자들이 더욱 많은 준비를 해야 한다는 것도.

전부 그녀가 확실히 일러 주었다.

자칫 허상으로 보일 수도 있는 운현의 꿈을 '실제로' 이룰 수 있도록 뒤에서 도와주고 있었던 거다.

임시 총관이라는 직함으로서.

"그때…… 신의님께 말하셔도 되지 않았습니까? 총관께서 처음으로 생각을 전해 주신 것이라구요."

"후후. 제가 생각을 전해주었을지언정, 그걸 실행한 건 여러분이에요."

제갈소화의 말은 틀렸다.

별거 아닌 것이라 할지라도 처음 생각은 중요했다. 그녀가 전해준 말이 없었더라면 의서가 제작될 리도, 의방의 사람들이 분주히 움직일 수도 없었을 거다.

한울과 우진도 그것을 알기에 다시금 말을 전했다. 함께.

"중요한 건 처음입니다."

"총관께서 계셔서 이뤄질 수 있었던 일입니다. 덕분에 신의님의 짐을 조금이나마 덜어드리게 되었구요. 아시잖습니까? 모르실 분이 아니지요."

운현에 비하면 아직 부족한 자신들이다. 하지만 모두가 모여 자발적으로 움직인 것이니 분명 도움이 될 거다.

그게 그들 방식의 은혜 갚기이며, 제갈소화로부터 배운 방식이다.

하지만 자신들은 은혜를 갚는다는 명분이라도 있어 움직인다지만 제갈소화는?

대체 그녀, 제갈소화는 무얼 얻을 수 있을까?

말을 하지 않고서야,

'없다.'

제갈소화의 마음.

운현에게 전달하지는 않았지만 그녀의 마음을 눈치채고 있는 그들이기에 물을 수밖에 없었다.

"분명 그럴지도요. 이대로만 모두 잘해 준다면 신의님이 홀로 감당하시던 짐도 조금은 줄어들겠지요. 분명히요."

"예. 그러시다면…… 말씀하셔야 하는 것이 아닐까요?"

"무얼요?"

"아시잖습니까?"

"……."

처음에는 신의라는 소문에 대한 호기심에서, 만나고 난 다음부터 시작된 호감. 그리고 거기서 이어진 연심을 말하라는 건가.

'이래서 남자들이란…….'

여인의 마음을 어떻게 그리 쉽게 말한단 말인가.

아니, 남자든 여자든 상관없다. 때로 자신의 진심을 전하는 것이란 건 너무 어려운 일이다.

"……그건 너무 짓궂은데요? 아무리 저라도 어려운 일이에요."

그녀가 작고 처연한 웃음을 짓는다.

마음을 전하는 것과는 별개로 다른 일도 함께 있기 때문이리라.

"제가 마음을 전하는 것 자체가 신의께 짐이 될 수도 있지요."

"절대 그렇지 않을 겁니다! 짐이라니요!"

"신의님이 그러실 분이 아니라는 건 아시지 않습니까?"

안다. 그가 그녀의 마음을 받아들일지 안 받을지를 논외로 치더라도 운현이 그녀를 짐으로 여길 일은 없을 거다.

오히려 배려를 해 주겠지. 그는 그런 사내이니까.

여심에 관해서는 둔하다 못해 무감각한 주제에, 배려심만큼은 누구보다 깊은 자니 분명 그리할 거다.

그를 너무 잘 알기에, 확신을 가질 수 있다.

하지만 지금은 전할 수 없었다.

"마음을 눈치챈 게 조금 더 빨랐더라면…… 달라졌을 수도 있었겠지요. 후후. 여인의 몸으로 이런 말을 하는 것도 우습지만요."

"무엇이 늦은 겁니까?"

"가야 해요."

느닷없이 가야 한다니? 이게 대체 무슨 소리란 말인가.

"우기고 또 우겼지만, 더 이상은 버티기 힘드네요. 이곳에 있은 지 정말 오랜 시간이 흘렀으니까요."

"설마 가야 된다는 말씀이……."

먼저 눈치챈 한울의 말에 그녀가 고개를 끄덕인다. 한울의 예상이 맞다는 뜻이었다.

"제갈가로 돌아가셔야 하는 겁니까?"

"예. 곧요. 시절이 수상하니, 부족한 저라도 다시금 불러들이는 거겠지요.”

“하…….”

그녀가 부족할 리가!

그녀이기에 불러들이는 걸 게다. 당금 제갈에 있어 그녀만 큼이나 도움이 될 자는 많지 않을 테니까.

지원당주이자 그녀의 아비가 그녀를 직접 찾고 있었다.

그녀를 배려했던 아비가 부른다는 것은 무슨 일이 벌어져 도 크게 벌어지고 있다는 증거일 터.

그걸 앎에도 억지를 부려 몇 번이고 그 요청을 물리곤 했 지만, 이제는 한계다.

‘확실히…… 한계야.’

그래서 근래 들어 더욱 열심히 움직였던 그녀다.

의원들에게 할 일을 주었고, 약초꾼들에게도 협조를 구했 다.

이곳에 없는 무인들에게도 작게 도움을 주었다. 아이들을 가르칠 만한 방안을 마련해 주었다.

자신이 떠나게 되면 비어버릴 총관직을 수행할 자로 한울 도 물색해 두었다. 옆에서 지켜본 바대로 그는 꽤 잘해 낼 것 이다.

이 모든 것이 운현의 짐을 덜어 주기 위함이며 동시에 떠 날 준비를 한 것이었다.

자신은 한 여인이기 이전에,

'제갈가의 여식이니까.'

태어난 이후로 쭉 가문으로부터 많은 것을 받았으니 자신을 찾는 세가를 위해서 움직일 때가 온 것뿐이다.

그녀의 말에 담긴 많은 의미를 깨달은 한울이 물었다.

"언제 다시 오실 수 있으신 겁니까?"

"다시라. 가능이나 할까요? 이 무림이라는 곳에 평화라도 깃들면요?"

"……말씀이라도 미리 하시지 그러셨습니까. 적어도 신의 님에게라도."

그리했다면 신의는 제갈소화를 위한 어떤 방식의 배려라도 했을 거다.

급한 와중이지만 제갈소화가 가야 할 제갈가까지 함께 돌아갔을지도 모를 일이었다.

하지만 그조차도 제갈소화는 원치 않았다. 자신이 짐이 되는 걸 원하지 않았다.

그리고는 언제나 그렇듯이 자기 자신에게 핑계를 댈 뿐이었다. 바로 지금처럼.

"이별은 길지 않게 하는 게 좋다고 배웠으니까요. 후후."

"말도 하지 않는 것이 옳다는 생각은 안 듭니다만 방법은 없군요."

"예. 그런 거예요. 때가 온 것뿐입니다. 저는 어디까지나 '임시' 였으니까요."

"……."

호기심으로 처음 찾아왔던 그녀 제갈소화가 총관직을 내려놓았다.

제갈가의 요청을 받고서.

第三章
도착하다

　사람의 사정이야 어떻게 되었든, 사람을 제외한 그 모든 것들은 같을 수밖에 없었다.

　오래도록 자리한 나무, 이제 막 자라기 시작한 풀잎 하나하나가 인간의 사정을 생각해 주지는 않는 것이 당연하였으니까.

　도사들이 터전으로 잡고 있는 무당산도, 그곳의 상징물처럼 자리하고 있는 거대한 세 봉우리도 여전할 뿐이었다.

　사람들의 신심을 드높이기라도 하려는 듯, 여전히 높았고 여전히 압도적이기만 했다.

　"드디어인가……."

그곳에 장성한 사내의 발걸음이 멈추었다. 운현이다.

자신의 형을 치료키 위해서 그가 무당파에 다다른 것이다.

언제나 사람을 치료키 위해서, 다른 이들의 사정을 돌보기 위해서 움직이던 그치고는 가장 빠른 행보였다.

가능한 한 직선으로.

등산에서 무당산에 이르기까지 모든 힘을 다하여 왔으니까.

덕분인지 평소라면 잘 정제되어 있을 의복도, 그의 행색도 모두 평소와 같지는 않았다.

좀 더 더럽고, 누추했다.

하지만 그가 왜 이리 달려왔는지 연유를 아는 자라면 감히 그를 욕할 자는 없을 거다. 되려 손을 치켜 올리며 어깨라도 토닥여 주겠지.

그가 산내로 발걸음을 조금 들이려니,

"오셨습니까."

무당파의 상징인 태극을 수놓은 도복을 입은 도사 둘이서 그를 반겼다.

'미리 알고 있었던 건가.'

자신의 아버지가 연통을 넣은 전서구라도 날린 것일까.

그도 아니면 무당파에서 자신을 주시하고 있었던 것일까.

어느 쪽이든 상관없었다.

우선은 그들이 그를 받아들이는 데, 부족함 하나 없었다는 것이 중요했다.

그들에게 인사를 해 보이며 운현이 물었다.

"무당의 도사님을 뵙습니다."

"안 그래도 오늘쯤은 오실 거라 들어 나와 있었습니다. 무당의 운선이라고 합니다."

"운선 도장님이라 부르면 되겠습니까."

"도장이라니요. 허헛. 아직 멀었습니다. 부족한 수행자일 따름이지요. 자아, 이쪽으로."

무인이라기보다는 도인. 무도자라기보다는 수행자에 어울리는 운선의 안내와 함께 운현은 좀 더 안으로 들어서기 시작했다.

함께 발걸음을 옮기며 도착한 곳은, 고풍스러운 현판이 반기고 있는 약소전이었다.

*   *   *

괜찮을 거라 여겼다.

괜찮지 않을 리가 없다고 생각했다. 많은 환자를 봐왔고 또 앞으로도 많은 환자들을 볼 테니까.

그렇기에 아무리 그가 가족이라고 할지라도, 환자로서 대하려 했다.

그래야만 더 올곧게, 집중하여 치료를 할 수 있을 거라 생각했으니까.

그러니 대비를 단단히 하고 왔다. 마음의 준비를 하고 온 거다. 놀라지 않도록.

"하……."

그런데 잇새에서 흘러나오는 이 소리는 뭐란 말인가.

'형.'

짧은 단어. 동시에 많은 것이 담긴 언어가 그의 머리를 스친다.

자신의 본래 나이를 합한다면 자신보다 어린 나이다.

하지만 그는 기둥이었다. 집안의 첫째이자, 형제들의 중심이었다.

언제나 침착하며 묵직한 가운데 어려서도 커서도 자신의 몫을 하던 존재가 첫째 형이다.

운현이 아버지에게서 부정을 느꼈다면, 명학은 그에게 형제의 우애를 느끼게 해주었던 이다.

"……."

그런 이가 자신을 반기지도, 눈조차 마주치지도 못한 채 오직 침묵으로 자신을 대했다.

자의가 아닌 타의로.

무당의 대우 덕분에 아늑해 보이기까지 한 곳에 누워 있는 그지만, 한없이 애처로워 보이는 건 왜일까.

명학과 같이 침묵을 한 채로 멀거니 서 있는 운현에게로 운선의 목소리가 들려온다.

"짧게는 이틀. 길게는 삼 일 정도에 한 번씩은 깨어나곤 합니다."

전해 들은 바가 있는 걸까. 아니면 그가 약소전에 속하여 명학을 봐주고 있는 것일까.

어느 쪽이든 그가 전해 준 말이 중요했다.

"이삼일이라는 겁니까?"

"예. 그나마도 처음보다는 나아진 겁니다. 처음엔 일주일이 지나도 깨어나지 않았으니까요."

운선의 말투는 평온했다.

환자인 명학의 보호자이면서 동시에 그를 치료하게 될 운현에 대한 배려가 느껴지는 말투였다.

자신도 환자의 보호자가 놀라지 않게 하기 위해 종종 이런 말투를 쓰곤 하니까.

하지만,

'부족하군.'

그 배려로도 놀라지 않을 수가 없었다. 놀라지 않는 게 이상했다.

가족으로서, 형제로서 자신의 형이 보통이 아닌 증세에 있는 게 훤한데 놀라지 않을 리가.

이런 경험은 오래 살면서도 처음이었다.

"정상은 아니군요. 이삼일이라. 그래도 무인이지 않습니까. 어깨 부상만으로 그럴 리가 없습니다. 내상인 겁니까?"

어깨 부상을 보고 자신은 어깨를 치료해 주면 될 거라 여겼다.

어쨌거나 자신은 외과적 수술에 자신이 있었으니까.

하지만 이삼일에 한 번 꼴로 깨어난다라? 어깨만의 문제는 아니다.

확답이 바로 들렸다.

"기 흐름이 좋지 못합니다. 어깨의 상처를 중심으로 기가 휘돌고 있습니다. 기가 격발되듯이요."

"정파의 방식은 아니로군요?"

악질이다.

처음 그 생각부터 드는 운현이었다.

무공은 모두 상대를 해하게 한다. 하지만 정파의 방식은 깔끔한 편이다.

특수한 무공 몇을 제외하고, 상대에게 이런 식으로 해를 끼치는 무공은 그리 많지 않았다. 그마저도 자주 사용되지 않는 식이니, 정파는 아니다.

"그리 생각하고 있습니다. 구파일방은 당연히 제외하고, 오대세가의 방식도 아닙니다."

"그들을 제외하면…… 정파는 거의 대부분이 아니겠지요. 중소문파를 무시하는 건 아니나 그들이 특별히 형님을 노릴 리는 없겠고…… 사파로군요."

자신이 남궁가의 일을 처리하면서 얻은 원한 때문인가. 그도 아니면 다른 어떤 이유로 노린 걸까?

알 수 없다. 다만 확실한 건.

'치료가 끝이 나면 어떻게든 해야겠지.'

이를테면 보복을 할 셈이다.

살인에 주저하고, 무로 사람을 상하게 하는 데 주저하고는 하는 운현이다.

하지만 악인이라기보다는 선인에 가까운 그라도 더 이상은 당하고만 있지 않을 생각이었다. 아니 그동안 당한 게 많아서라도 더 당할 수가 없었다.

특히나 이 중원, 무림이라는 곳에서는 당하고만 있어서야 아귀처럼 달려드는 자들이 많아질 뿐이란 걸 점차 깨닫고 있었으니까.

마음을 굳건히 하면서도 운현은 계속 말을 이어 갔다.

"어떤 식인 겁니까. 도입니까? 검입니까?"

"양쪽이 베였으니 검입니다."

"그렇군요."

환자인 형의 상태를 파악함과 동시에, 최대한 많은 정보를 들어 두려 하는 행위였다.

그런데,

"시간이 됐습니다."

드르륵하고 닫혀져 있던 문이 열린다.

'누구?'

운현이 이곳의 주인은 아니라지만, 보호자로서 온 것이지 않은가.

무당도 그를 알기에 사람을 미리 보내었던 것이고.

그런데 아무런 말도 없이 대뜸 문부터 여는 자는 또 누구란 말인가.

"커흠……."

헛기침을 크게 해 보이는 목소리의 주인공은 중년의 사내였다.

고생을 했는지, 희끗희끗한 머리카락이 틈새로 보이기는 했지만 그의 나이는 중년이 분명했다.

'의복(醫服)?'

중년은 무당의 도복이 아닌 의복을 정제하고 있었다. 꽤나 깔끔하고 반듯하게 정리된 모양새였다.

그런 주제에 눈빛은 반듯하지도 깔끔하지도 못했다. 운현을 바라보는 시선에 불만이 가득했다.

'대체 왜?'

운현보다 무당에 먼저 있었을 테니, 운현이 온다는 거야 소식으로라도 들었을 터다.

운현임을 알고 불만을 가지는 눈빛이다.

나름 선행을 하고 살았다 할 수 있는 운현으로서는 그런 눈빛 자체가 어색하게 느껴질 수밖에 없었다.

의원 차림을 한 중년인이 자신을 소개할 생각도 없어 보이자 운선이 대신 나섰다.

"의선문 의원이십니다. 별호는······."

"시간이 되었다 하지 않았습니까? 잠시 자리를 비워주시지요."

예의에도 맞지 않는 명백한 축객령이었다.

무당인 운선을 두고, 누가 객이고 누가 주인인지 알 수 없을 그런 모습이었다.

"······의원님."

운선이 재차 불러 보지만 상대는 막무가내였다.

"말씀드리지 않았습니까?"

대체 뭐란 말인가. 그러나 당장 상황을 파악할 수 없으니 어쩔 수 없는 노릇이었다. 우선은.

"가지요."

잠시 물러날 때였다.

정상인 상태는 아니어도, 위급하지 않은 걸 보았으니 일단
되었다.

살아만 있다면 어떻게든 치료를 해낼 테니까.

불안, 불만, 낯섦을 가지고 형이 있던 곳을 나서는 운현이
었다.

*   *   *

아무리 사람 좋은 운현이라지만, 말을 안 할 수가 없었다.
답답한 마음에 그는 방을 나오자마자 운선에게 물었다.

"대체 왜 저러시는 겁니까?"

듣지 못한 별호도, 그가 의선문의 사람인 것도 상관없었다.

평소라면 그의 배경, 그가 가진 지위를 생각해서라도 넘어
갈지도 몰랐다. 어지간한 일은 좋게 넘어가곤 하는 운현이니
까.

하지만 지금만큼은 아니었다.

자신이, 자신의 형을 보는데 축객령을 당할 것이 뭔가?

인사불성(人事不省) 상태에 있는 중환자라 해도 자신 또한
의원이 아닌가. 환자에게 해가 될 일을 할 리가 없었다.

그런데도 쫓겨나다시피 나왔다. 정상적인 상황은 아니있다.

운선도 당황스러운지 말끝을 흐렸다.

"본래 저런 분은 아닙니다만……."

"모두에게 그런 사람은 없겠지요. 대체 이게 무슨 상황인지……."

가만, 낯설기는 하지만 이런 경험이 전혀 없었던 것은 아니다. 왠지 모르게 기시감이 드는 운현이었다.

'설마…….'

함녕(咸寧)현. 지금은 운현의 세력권이라 할 수 있을 그곳에서 지금과 비슷한 경험을 했다. 비슷한 눈빛을 봤다.

토사곽란 당시의 그 노의원!

운현이 신의라 불리기 이전, 운현의 치료법이 말도 안 된다며 토를 달았던 그 위인!

지금에 와서는 무엇을 하고 사는지는 몰라도, 성가시던 인물로 기억되는 자다.

그때의 그 노의원과 의선문의 의원이라는 자의 눈빛은 비슷하기만 했다.

'텃세로군. 텃세야. 어쩌면 내 명성 때문일 수도 있고.'

무당, 제갈과는 다르게 의선문은 자신과 겹치는 게 많았다.

자신의 이름이 호북을 중심으로 알려져 있다지만, 중원 다른 곳이라 해서 안 알려졌을 리가 없다.

이를테면 경쟁자. 의선문에서는 운현을 그리 생각하고 있을지도 모를 일이었다.

'우습군.'

언제고 만날 수도 있다 생각했지만, 이런 식으로 의선문의 사람을 조우하게 될 줄이야.

세상 넓으면서도 좁다지만 꽤나 우습지도 않게 만난 셈이다.

'좋게 인연을 쌓기는 글러 먹은 거 같고.'

저 의원의 태도가 의선문 전체의 태도일지, 저 의원에만 국한된 태도일지는 몰라도 상관은 없었다.

어쨌거나 첫 단추가 잘못 끼워진 거다. 자신과 의선문은.

'너무 안 좋은 방식이다.'

하지만 그렇다고 물러날 생각도 없다. 우유부단하게 굴 생각은 더더욱 없었고.

자신의 형이 환자로 누워 있으니 더 그래야 했다. 해서 운현이 운선에게 물었다.

"아까 듣지 못한 별호가 어떻게 되는 겁니까?"

"……침주선의입니다."

침주선의(針主善醫)라.

침의 주인? 그 눈빛만큼이나 별호부터 의미심장했다.

'침술을 주로 사용하는 거군.'

약을 우선으로 하고, 환자의 습관을 고치는 데서부터 치료를 시작하는 운현과는 다른 방식인 거야 이해하고 넘어갈 수 있다.

기가 있는 세상이고, 내공을 쌓을 수 있는 세상이니 침술의 효능은 그가 있던 전생 이상임이 확실하다.

기의 흐름을 고침으로써 침의 효과를 크게 볼 수 있는 거다. 자신은 기의 흐름을 약으로 다스려 효과를 크게 보았던 거고.

전생에 가졌던 기억과 약에 대한 지식을 결합하려 하다 보니 약학을 주로 닦는 그라지만, 침술을 무시하지는 않았다.

하지만 아무리 그래도 너무 광오했다. 감히 침술의 주인이라니. 의선문의 문주 정도나 달 만한 별호가 아닌가?

거기다 선의라고 하기에는 그가 가진 눈빛, 태도는 굉장히 멀게만 느껴졌다.

'의술 실력을 논외로 쳐도 선의는 아니었다.'

첫인상으로부터 온 선입견이든 아니든, 운현으로서는 그리 생각할 수밖에 없다.

그에 대한 판단은 내심 감춘 채 뜻 없는 말을 내뱉어 보는 운현이었다.

"좋은 별호로군요."

"예에."

운선도 운현이 예의상 뱉은 말이라는 것을 아는지 모르는

지, 작게 대답하여 줄 뿐이었다.

'빠르게 움직여야겠네.'

어중간한 마음을 가진, 어쩌면 자신에게 악의를 가졌을지 모를 의원에게 형을 맡길 수는 없다.

잃는 게 있을 수 있더라도 우선 그의 자리부터 뺏고 봐야 했다.

*　　*　　*

"이곳으로 드시지요."

"……예."

약소전에 마련된 작은 거처가 운현이 머무를 곳이었다.

무당에서 배려해 준 것인지 거처는 명학이 있는 곳과 가까 웠다.

"오늘만큼은 여행의 여독부터 푸시지요. 자세한 건 나중에 말씀 올리겠습니다."

"예."

무슨 말을 올리겠다고 하는 것일까.

운현으로서는 알 길이 없다.

하지만, 구도자같이 선한 인상을 가진 운선을 보고 있자면 자신에게 해를 끼칠 일을 할 것으로는 보이지 않았다.

"그럼 먼저 물러가겠습니다."

"감사했습니다."

"해야 할 일을 했을 따름이지요. 허허. 그럼 편히 쉬시길."

궁금증에 차 있는 운현을 그대로 두고서는 운선이 먼저 몸
을 움직였다. 무언가 할 일이 있는 듯 운현을 두고 움직이는
그의 걸음은 꽤나 분주해 보였다.

"후우……."

바삐 움직이는 운선의 귓등으로 운현의 크기만 한 한숨이
들려온다.

"무량수불……."

무엇을 생각하는 것일까.

운현의 한숨에 잠시 멈추었던 운선의 발걸음이 다시금 크
게 이어지고 있었다.

*　　*　　*

운선, 도장(道匠)이라 칭하지 말라 하였지만 무당에서 그는
도장으로 불린다. 명학과 문환의 스승인 운인도장과 같은 항
렬에 있는 것이다.

다름이 있다면 운선은 자소전(紫霄殿)이 아닌 장진전(張眞
殿)에 속해 있다는 게 달랐다.

장진전은 무당의 장문이 머무는 곳이다.

무당 내에도 조사전, 자소전, 자소궁, 진무관까지 크고 작은 의미와 뜻을 가진 귀한 곳들이 있지만 현재로선 이곳 장진전이 가장 귀한 구궁심처라 해도 과함이 없었다.

"장문께서 예상하신 대로였습니다."

그 안에서 조금은 굳은 얼굴로 선 운선이 말을 올렸다.

운현은 몰랐지만 그는 도장이나, 장문의 수발을 드는 자로서 도장 이상의 권위를 가진 자이기도 했다.

그가 전한 말에 위에 올라 있는 이가 허허롭게 웃어 보인다.

"허허. 역시 그러한가?"

"예. 신의는 중립이었으나, 형의 일이 걸렸으니 어쩔 수 없었겠지요. 결국 대립했습니다."

태청진자(太淸劍子) 진흔(眞俒).

소청검을 익히고 넘어 오로지 태청검(太淸劍)만을 갈고 닦아 장문에까지 오른 현 무당의 장문.

무림에서의 외부 활동의 경험은 짧기만 한 그지만, 그가 가진 검의 날카로움과 특유의 운용에 대해서는 누구나 고개를 끄덕일 것이었다.

무당의 숨겨진 거력이라 일컬어지는 그가 운선의 대답에 흥미로운 반응을 보이고 있었다.

"자네는 신의가 마음에 든 게로군?"

"당연한 것입니다. 그는 무당과 연이 있지 않습니까?"

"이어질 연인지, 짧게 끊어질 연인지는 모를 일이지. 덜고 도 또 덜어 무위를 찾기보다는 연(緣)을 더 더하고 싶은가 보 구먼?"

"……수행이 짧아서일 수도 있겠지요."

운선이 더욱 깊이 고개를 숙여 보인다.

"아닐 수도 있지. 도란 모두에게 같으며 다르니까. 허허. 무뚝뚝하기만 한 자네의 호감을 얻었다라…… 호감을."

무엇을 가늠하는 것일까.

무당 장문의 눈이 침잠되어 간다. 몸은 장진전에 있으나, 그 정신은 그 이상의 무언가를 가늠하고 있음이 분명했다.

운선은 그런 장문의 모습을 자주 보아 왔던 것인지 어색함 하나 없이 읍을 하고 있을 뿐이었다.

"아는 사람은 말을 하지 않고, 말을 하는 자는 알지 못한 것이라 말씀하셨었지. 허허. 자네가 내가 생각하지 못한 무언 가를 봤을 수도 있었을 터. 아니, 자네라면 능히 그러할 수 있 었겠지."

뜬금없는 말이다. 그럼에도 운선은 이미 이해한 듯했다.

"장자 외편의 지북유로군요."

운선의 말에 장문의 고개가 끄덕여진다.

"못난 장문도 아직 도라는 것을 모르나, 도가 멀지 않다는 것 정도는 배웠다네. 목석같은 자네에게 변화는 또 다른 구도를 낳아줄 수도 있으니…… 어쩔 수 없는 것인가. 한번 도와줘 보게나."

장문은 운선이 운현으로부터 무언가를 봤다 여긴 것일까.

무인이라기보다는 수행자에 가까운 그의 발전으로부터 또 다른 무언가를 본 것일까.

그가 운선에게 의미 모를 허락을 하였다.

"그렇다면 약소전에 말을 전하도록 하지요. 의선문은……."

"마음대로 하게나. 그들도 조금은 조율해 줄 필요가 있었으니 상관없겠지. 그나저나 약소전이라. 의광(醫狂)이 좋아할 게야."

"모를 일이지요. 다만 연이 더해질 수도 있는 법 아니겠습니까. 때론 그것이 도기도 하지요."

"허허…… 무량수불."

어디서 어디까지를 보고 있는 것일까. 선문답 같지도 않은 선문답이었다.

둘의 작은 이야기로 운현의 처우가 결정되었다.

第四章
억지 다툼

시작은 작았다. 아니 모든 일의 시작이란 것이 작은 것에
서부터 비롯되는 걸지도 몰랐다.

"자세가 안 됐어. 자세가……."

지나가면서 툭 내뱉는 말이었다.

평소라면 넘어갈 수도 있을 그런 말이다. 조금만 덜 예민
했다면.

아니, 말을 하는 자가 침주선의 안영만 아니었더라면 넘어
갔을 거다.

"저를 보고 하시는 말씀이십니까?"

어차피 부딪치려 했던 사람이 아닌가. 옳은 행동이 아님은

알지만 상관은 없었다.

운현의 물음에 대뜸 대답이 돌아왔다.

"맞다면 어찌할 텐가? 그대에게 한 말이 맞다면?"

안영은 당당하게 물어오는 운현의 말투가 마음에 들지 않는 건지, 잔뜩 불만이 서린 기색이었다.

하기야 처음 보았을 때부터 그랬다. 단지 그 불만이 좀 더 커졌을 뿐이다.

"맞다면 답해 주어야지요."

"무얼?"

"아침 댓바람부터 자세를 논하는 분의 자세가 어떤지를요."

"허허!"

운현이 한 마디도 지지 않고 맞서서일까. 헛웃음을 지어 보이는 안영이었다.

묘사를 할 것도 없는 모습이었다. 꼰대가 상황이 마음에 안 들 때 짓는 모습이다.

"그래. 뭐라 말할 텐가?"

"그쪽의 자세부터 잡아야 한다 말해줘야겠지요. 동종의 일을 하는 사람끼리 이리 존중이 없어서야……."

제대로 된 자세를 가진지나 모르겠군요. 라는 말을 내뱉을 새도 없었다.

"동종? 동종이라고 했나? 응? 사람들이 의원이라고 칭해 주니 자네가 나와 같다 생각을 하는 건가?"

어떤 부분이 그의 심사를 뒤틀리게 한 걸까.

불만에 짜증까지 더해 운현에게 따지고 드는 안영이었다.

'이거 보게?'

알려진 나이야 어리지만 어디 운현이 어리기만 한 사람인가. 아니꼽다 못해 고까웠다.

이럴 때는 말을 길게 할 필요가 없었다.

"같지는 않지요. 문파 이름이나 빌려 쓰는 자가 저와 같을 수나 있겠습니까?"

이런 권위적인 꼰대들이 가장 싫어하는 말을 들려주기는 되려 쉬웠다. 똑같이 돌려주면 됐다.

상대보다 더 아니꼬운 표정을 하고, 상대를 내려다보는 눈빛을 해 주면.

"이이!"

상대는 알아서 흥분한다.

배배 꼬아서 말을 하는 자보다는 차라리 이런 자가 상대하기 편하다. 단순하니까.

혹시나가 역시나. 얼굴이 시뻘게져서는 물어 오는 안영이다.

"지금 자네의 말은 의선문을 욕보이는 것인가?"

일이라도 크게 벌이자는 건가?

아니면 의선문의 권위로 운현을 깔아뭉개기라도 하자는 건가. 웃기지도 않는 치다.

"설마요. 일을 크게 벌이시는 데 소질이 있으시군요? 일신의 일에 왜 문파를 끌어들이는지를 모르겠군요."

권위에 무너지지 않고 당당하게 맞서고 들어오는 운현에게 결국 전매특허의 말이 들려온다.

"허어! 이거 참! 내 이 나이를 먹고……."

시대가 달라도 꼰대들은 전혀 다를 바가 없는 것인지.

어쩌면 시대를 초월하는 꼰대들만의 진리가 있는 것일지도 몰랐다.

"나이야 시간만 지나면 먹는 것이지요. 나이와 함께 존경을 받으려면 노력을 해야지요. 노오오력을!"

"하……."

"그도 아니면 자세라도 잘 잡으시지요. 아침 댓바람부터 상대나 긁어내리지 말고, 침이라도 한 번 더 다듬는 게 어떻습니까?"

"네, 네 이놈! 보자보자 하니까!"

상황이 더 격화되려고 하고 있었다.

안영이 물러날 리는 없었고, 운현이라고 해서 물러날 리는 더더욱 없는 상황이지 않던가.

차라리 이참에 일을 크게 만들어서, 망신이라도 주려고 하는 운현이었다.

자신의 성격과 맞지는 않는 방식이지만 당장 형이 급하지 않은가.

차라리 이런 치에게 일을 맡기느니 자신이 부족하더라도 애써 보려는 것이다.

성급할 수도 있는 짓이지만 눈앞의 이자는 믿음이 가려 해도 가지를 않았다.

그때다.

"이게 왠 지랄이야!"

아무리 꼰대 안영이라고 할지라도, 약소전 내에서는 하지 않을 것 같은 욕설이 들려 왔다.

아주 우렁차게!

'신선.'

목소리의 주인공을 보자마자 떠오르는 단어였다.

곱게 자란 수염, 새하얗게 세어버린 머리카락, 인자해 보이는 표정까지.

척 봐도 신선이랄 수밖에 없는 그런 노인이었다. 중원의 사람들이 보기엔 없던 믿음도 생길 만한 그런 모습.

그런데 자세히 보고 있자니 또 묘했다.

'악동 같은 미소군.'

인자해 보이는 인상 안 앙다문 입술에 묘한 미소가 얹혀 있었다.

장난기 많은 악동이나 지을 만한 그런 미소다. 노인이 지을 수 있으리라고는 생각하기 힘든 미소기도 했다.

인자함과 장난스러움의 공존이라니.

'모를 사람이군······.'

어쨌거나 도복을 입었으며, 무당파의 상징을 가슴께에 수놓았다.

게다가 노인이면 항렬도 높았으니,

"무당파의 고인을 뵙습니다. 소생 운현이라고 합니다."

객으로 있는 운현으로서는 고개를 숙이지 않을 이유가 없었다.

"됐다. 아침부터 볼 장 다 봐놓고서는 내숭도 좋구나?"

"예에는 예로 답하는 것일 뿐입니다."

"하핫."

노인의 웃음치고는 밝고 호탕했다.

젊은이와 같은 정력이라도 지닌 건지 정정한 목소리로 크게 웃어 보였다.

"지랄하고 자빠졌네. 아침부터 지랄 소리를 듣고도 예를 찾더냐?"

얼핏 날카롭게 들리는 말이었지만, 말투 안에 가시가 있지는 않았다.

노인은 지금 상황을 즐기고 있기라도 하고 있는 표정이었다.

"예도 사람을 가리는가 봅니다."

"예(禮)가 사람을 가린다라? 재미있구나. 아침부터 재미있는 꼴을 봤으니 넘어가도록 하자꾸나."

운현이 한 예에 대해서 넘어간다고 말한 것일까.

아침부터 무당 내에서 안영과 다툰 것에 대해서 넘어간다고 하는 것일까.

어느 쪽인지는 알 길이 없었다.

"넌 또 뭐 없느냐?"

운현으로부터는 흥미를 잠시 잃은 것인지, 노인이 멀거니 있던 안영에게 물음을 던져본다.

"커흠…… 약선준자 어르신을 뵙습니다."

"의원이란 게 헛기침은! 몸 관리가 그래서야 어디 환자를 보겠느냐?"

"……그것이…….”

안영이 약선준자란 노인에게 밀리고 있을 즈음, 운현은 노인의 별호를 되새기고 있었다.

'약선준자라…….'

약선준자(藥仙俊子) 진곤.

운현이라고 해서 모를 수가 없는 자였다.

아니, 모르는 게 이상했다. 무림인이기 전에 그도 의원이니 알 만했다.

현 무림에 있어서는 활동을 거의 않는 이였다. 전대의 사람이라 할 수 있으니 당연하달까.

가진 무공은 최상은 아니더라도, 가진 의술은 최상이라고 할 수 있을 자다.

'문제는 사람을 가리는 것.'

자신이 치료를 하고 싶으면 사파의 인물이라도 치료를 하고, 마음에 들지 않으면 칼이 들어와도 치료를 않는 자다.

그 괴팍한 성격 탓에 무당파 소속만 아니었더라면 정사지간의 인물이라고도 할 수 있을 자였다.

덕분에 원한과 은혜를 함께 쌓아 그 인맥이 정사를 가리지 않는 특이한 자기도 했다.

현재에 이르러서는 무당의 장로 대우를 받으며 약소전의 전주 이상으로 영향력을 가진 자라면 이해가 편할까.

약소전에 거하고 있으면서도 일선에서 물러나 환자를 치료한 지는 꽤 시간이 지난 걸로 알고 있었다.

그렇다 해도 무당 내에서 부상이 생기곤 하면 치료를 할만할 텐데,

'어째서 형님에게는 최소한의 조치만 해 둔 것일까.'

바로 의문부터 드는 운현이었다.

약선준자 정도가 나선다면 치료를 해낼 수 있을지도 모를 일 아닌가.

그런데도 형인 명학이 아직도 내상도, 외상도 제대로 치료받지 못하고 있는 상황이라면?

자신이 생각하고 있는 것 이상으로 더 큰 내상과 부상을 입었을지도 몰랐다.

'이럴 줄 알았으면……'

어제 안영을 두고 우겨서라도 맥을 잡아 볼 걸 그랬나 하는 생각이 드는 운현이었다.

안일했다.

무당이 최선의 조치를 취하고 있을 거라고만 생각하고 있어서는 안 됐을지도 몰랐다.

한참 안영을 두고 실랑이를 하며 괴롭히던 약선준자 진곤이 운현에게 추를 돌렸다.

"한 놈은 되도 않는 헛기침이고, 다른 한 놈은 세상천지 걱정이란 걱정은 다 안고 있구나? 다 죽어가는 노인네 두고 세상 참 잘 돌아가는구나."

안영이 권위만 챙기는 꼰대 같았다면, 노인은 단지 타고난 성격이 괴팍하다는 느낌이었다.

덕분인지 기분이 나쁘기보다는 정신부터 번쩍 드는 운현
이었다.

"죄송합니다."

"됐다. 우선은 가 보도록 하자."

어디를 가자는 말인가.

도무지 갈피를 잡을 수 없는 모습에 운현이 되물었다.

"예?"

"네 형 말이다. 네 형."

"아아…… 이해했습니다."

형을 보러 가주는 건가. 아니면 본래부터 형의 치료를 해
왔던 걸까.

"운선 그놈이 그리 간곡하니 이야기를 했으니, 내 체면치
레라도 해줘야지."

"……감사합니다."

생각보다 쉬이 치료를 할 수도 있는 건가?

하지만 들리는 대답은, 그리 좋은 대답은 아니었다.

"됐다. 그래봐야 체면치레다. 내상을 잡아도 불구가 될 수
도 있는데, 치료는 무슨 치료. 외상이고 내상이고 다 나아야
치료지."

"……그 정도입니까?"

"그동안 안 봤을 것 같더냐? 나라고 해도 어려워. 여기 이

놈이라도 데려오면 어찌 될 줄 알았는데, 허 참. 일단은 또

가 봐야겠지."

"……."

이건 심각한 대답이었다.

내상은 가능해도 외상은 약선준자로서도 힘든 것인가?

그리 되면 자신의 형은 어찌 된단 말인가.

무림에는 젊은 나이에 병신이 되는 자들이 많다.

하지만, 자신의 형제가 그리 되지 않기를 바라는 마음인

건 운현이라고 다를 수가 없었다.

누워 있던 명학의 모습과 어렵사리 자신에게 청을 하던 아

버지의 슬픈 표정이 스쳐 지나간다.

'방법을……'

어떻게든 방법을 찾아야 했다.

*   *   *

약선준자의 뒤를 따라 걷고 있으려니, 또 다른 동행자가

늘어났다.

운선이다.

"이미 모두 와 계셨군요."

약선준자야 무당 사람이니 논외로 친다. 그렇다 해도 안

영과 운현은 안 어울리는 조합이다.

그를 알 텐데도 운선의 표정은 변화가 없었다.

운현이 그에게 호감을 샀다는 무당 장문의 말이 사실인지 의문이 들 정도였다.

"헹. 장난질 하고는. 이미 다 알고 있었던 것 아니냐?"

"부족한 수행자가 무얼 알겠습니까."

"어찌 수행자란 놈이 표정 하나 안 변하누. 수행을 하더니 닮아가는 것이더냐?"

말하지 않았으나, 누굴 가리키는지는 뻔했다. 장문이다.

"닮아가려 노력할 뿐이지요."

"뻔뻔하기는. 네가 자신의 도를 탐하고 있음은 무당 사람이라면 다 아는 것을…… 어쨌거나 잘해 보거라."

"감사합니다."

그들만이 아는 무언가가 있는 것인가.

'생각 외로 중요한 사람일지도.'

사람 좋은 수행자로만 보였던 운선이, 약선준자와의 대화로 묘하게 달리 보이는 운현이었다.

도가 아닌 의술로는 자신만의 길을 걷고 있는 운현 아닌가.

아니, 그조차도 확신이 없었다. 자신만의 길을 걷는다고 생각하며 노력할 뿐.

그만큼 자신만의 길을 걷는다 하는 것이 얼마나 어려운지를 아는 운현이다.

그런데 약선이 인정할 정도의 수행의 길을 걷는다?

상대에게 인정을 받을 만큼 자신만의 길을 걷는 게 쉬울 리가 없다.

그러니 운선이 달리 보일 수밖에.

"도착이로군요."

"안내 감사드립니다."

"흐음……."

넷이서 멀거니 걷다 보니 어느새 도착이다. 명학이 있는 병동이다.

'분명 홀대를 하는 건 아닌데…….'

정갈했다. 운현의 의방에 마련한 병동과는 다르지만 잘 마련된 병실이다.

무당은 분명 명학을 홀대하고 있지는 않았다. 문제는 낫지 않는다는 것이다.

"한번 까서 봐봐. 나는 이놈과 할 일이 있으니."

"……예."

험한 말을 마지막으로 운선과 약선준자가 자리를 피하고, 남은 자는 셋이었다.

명학, 운현, 안영.

냅다 달려가서 명학의 상태를 살펴보고 싶은 운현이지만 일단은 참았다. 그리곤 안영을 바라봤다.

어쩔 거냐는 신호였다.

여기서 또 한바탕하기에는 밖에 있는 약선준자와 운선이 신경 쓰일 수밖에 없었다.

그러니 상대에게 눈치를 주는 거다. 알아서 물러나라고.

이 눈치를 알아보지 못하고, 또 실랑이를 벌이고자 한다면.

'못 할 것도 없지.'

평소의 유한 성격과는 다르게 이판사판인 운현이다.

안영도 눈치가 아주 없지는 않은지 금세 답을 해 왔다.

"먼저 보시게나. 어차피 봐도 모를 것을."

말에 가시가 들어가기는 했지만, 그도 무당 사람들을 두고 실랑이를 더 벌일 생각은 없는 듯했다.

아니면 운현에게 또 꼰대 취급을 받는 게 싫어 그리하는 걸 수도 있었다.

말이 어쨌거나 마다할 일은 아니었다. 지금은 양보해 준 게 중요했다.

"그럼."

운현은 마다하지 않고, 누워 있는 자신의 형에게로 다가갔다.

'형.'

조심스레 다가가 팔을 들어 맥을 짚는다.

가까이서도 느껴지는 기운이 엉망이지만 더 자세히 느껴보려 한다.

어떤 상황인지 알아내기 위하여. 어떻게든 방법을 알아내어 치료를 하기 위해서다.

'불구로 있게 할 수는 없으니까.'

굳이 아버지의 부탁이 아니더라도, 형제로서 자신이 형을 완치시키고 싶었다.

그렇기에 그 어느 때보다 긴장을 하고서는 맥과 그로부터 전해지는 기운을 느끼는 운현이었다.

금세 반각. 그리고 일각. 다시 시간이 더 지나 이각.

시간이 지날수록 운현의 인상이 더욱 크게 찡그려진다.

평소라면 얼마 걸리지도 않아서 지나서 맥으로부터 떼어졌을 그의 손이 아교로 붙인 듯 고정돼 있었다.

끝이 있는 것인지 결국은 떨어지지 않은 것만 같았던 손이 떼어진다.

그리곤 마지막으로 검이 틀어박혔던 어깨를 살핀다. 검을 쥐고 휘둘러야 할 팔이 있을 어깨다.

'악질적인 수법.'

심각했다. 오직 악의만이 느껴지는 상처였다. 내상이고,

외상이고 따질 것도 없었다.

일그러짐. 짜증. 분노. 그리고 살기.

자발적으로. 그 누구보다 강하게 운현의 살기가 병실 내에 가득 퍼진다.

너무도 강한 살기였다. 그때.

"갈! 의원이라는 놈이!"

"아!"

어느샌가 병실에 들어온 약선준자의 목소리에 운현은 퍼뜩 정신을 차렸다.

그제서야 주변이 보였다.

제 나이를 넘어서는 운현의 강한 내력에 질린 표정을 짓고 있는 침주선의 안영.

그만의 무표정을 짓고서는 그대로 운현을 바라보고 있는 운선.

진심으로 환자를 생각하는 듯 잔뜩 열을 내고 있는 약선준자까지.

살기 안에서 갇혀 있던 운현이 다시 현실로 돌아왔다.

그리고.

형의 상태를 처음 알았다.

*　　　*　　　*

"따라오거라."

약선준자는 다짜고짜 운현을 잡아끌었다.

허락을 받을 생각도, 설명을 할 생각도 없는 건지 그대로 병실 밖으로 이끌어 갔다.

한 점의 망설임도 없어 보였다.

병실 밖을 나설 때까지, 아무런 말도 못하던 운현이 잠시 뒤에서야 정신을 차려 말했다.

"제가 걷겠습니다."

"하. 그래. 그래야지. 늙은이를 얼마나 고생시키려고."

그제야 씨근대던 호흡을 고르고서는 운현을 놓아주는 약선준자였다.

운현보다는 반 보 앞.

안내를 하는 몸짓으로 계속해서 걸어가기 시작했다. 그가 그대로 걸음을 유지하며 물었다.

"처음이더냐?"

"예?"

"네 가족이 아픈 걸 처음 봤느냔 말이다."

"……."

처음인가.

전생에는 그런 기억이 없었다.

그 나이가 꽤 찼었다지만, 의학이 발달했던 덕에 부모를 걱정할 필요가 없었다.

그리고 지금에 와서는?

아버지 이후원도, 어머니도 형제도 아픈 걸 보지 않았다.

하지만 기억을 들추어 꺼내 보니 있었다.

"……있었군요. 분명 있습니다."

매일같이 되뇌며, 가족이 아니면서도 가족이던 존재. 마지막 그 순간을 자신이 지켰던 존재.

가는 그 순간에도 자신을 걱정하여 주던 이가 있었다.

"누구더냐."

"스승님이십니다."

"그래. 어찌 가셨더냐?"

"병이라고 해야 할지, 천수를 누리셨다 해야 할지는 모르겠습니다. 그래도 편히 가시기는 하셨습니다."

자신에게 명의가 되라고 말하던 스승이다. 죽는 그 순간까지도 자신을 걱정하여 주던 이다.

잊지 않고, 그 유지를 기억하며 여태껏 달려왔던 운현이었다.

그렇기에 살기가 비워진 마음의 한가운데에는 먹먹함이 들어찼다. 그리움이다.

"병일지, 천수일지 모른다라. 한 점이나마 아쉬운 점이 있는 것이로구나."

"그렇습니다. 자식을 잃으셨었지요. 그래서 더 일찍 가신 것 같습니다. 누려야 할 천수도 누리시지 못하시고요. 그게 못내 아쉽습니다."

"허허……."

"제가 조금만 더 나았더라면…… 어찌해 드릴 수 있지 않았을까 하는 생각이 지금도 들곤 합니다."

"얼마나 되었느냐?"

"오래되었지요. 어릴 적에 가셨습니다."

스승을 그리워하는 운현의 마음에 감화된 것일까.

약선준자의 표정에 작은 인자함이 깃든다.

"물 흐르듯 흘러가는 게 삶이거늘. 그럼에도 가슴에 안고 있는 것이냐?"

"수행자가 아니라 그런가 봅니다."

"하핫. 그거 걸작인 대답이구나. 아침부터 느꼈지만 네놈 입이 걸작이야."

"칭찬으로 듣겠습니다."

계속될 것 같았던 발걸음도 약소전 한 켠에 마련된 큼직한 전각 앞에서 멈춰 선다.

약선준자가 그 홀로 잡은 도착지다.

그 앞에 선 그는 고개를 돌려 운현을 정면으로 바라보며 물었다.

"언젠가는 버려야 할 안타까움이다. 그렇지 않더냐?"

"알고는 있습니다. 마지막만큼은 평안하셨으니, 언젠가는 보내 드릴 수 있겠지요."

"하지만 네 형은 아니겠지?"

"예."

형은 현실이다. 지금 이 순간에도 내외상에 시달리고 있다.

그러니 형에게는 아쉬움과 안타까움이 아니라 어떻게든 해내겠다는 의지가 가장 컸다.

"네 형제들 모두, 우애만큼은 깊구나. 허허. 이 또한 어쩔 수 없는 인연인가."

알 수 없는 말의 반복이다.

운현의 내심과는 반대로 청명하기만 한 하늘 위를 가만히 바라보던 약선준자가 운현을 다시 직시한다.

"들거라."

第五章
약소전, 작은 전각

약소전 내 작은 전각 안.

운현에게 처음 내어주었던 숙소보다도 허름한 그런 전각
이었다.

안으로 들어서자마자 그를 반기는 것은 둘.

"약초향."

한두 가지의 약초로는 나올 수 없는 깊은 향이 운현의 후
각을 가득히 채운다.

익숙하면서도 조금은 다른 향이다. 주로 사용하는 약초의
종류에서 갈린 향이리라.

저 칸칸이 갖춰줘 있는 약초함에서 나는 향 다음으로는

운현을 채워준 것은 시각이었다.

'많기도 하다.'

빼곡히 서재를 가득 채우고도 모자라 바닥에까지 널린 서적들.

작지 않은 전각임에도 그 전각이 좁아 보일 만큼 많은 서적이 안에 자리하고 있었다.

한눈에 훑어보아도 책의 종류는 많지 않았다.

도가의 서적 아니면 의학서. 자세히 살펴보면 더 있을 수도 있지만 일단은 이 정도다.

서적과 약초향이 가득한 그 한가운데 약초를 써는 작두와 함께 작은 공간이 보인다.

아주 작은 상. 그 옆에 한 사람이 겨우 누울 법한 공간.

이 작은 공간이 자신이 생활할 공간임을 바로 안 운현은 바로 그리로 향해 자리를 잡았다.

그리곤 자신을 이곳에 넣은 약선준자의 말들을 떠올려 본다.

"우애가 깊어 좋았다. 네 형이 겨우 깨어났을 때, 처음으로 했던 소리가 뭔지 들었더냐?"

고개를 저었었다. 몰랐으니까.

"오지 마라. 오지 마. 그게 첫마디였다."

"대체 왜……."

"모른다. 그 고얀 게 눈을 뜨자마자 한 소리가 사부를 찾는 것도, 무당에 같이 있는 문환이란 놈을 찾는 것도 아니었단 말이다. 무슨 뜻 같더냐?"

오지 마라니.

명학이 쓰러지면 올 자가 누가 있을까. 자신이다.

자신에게 오지 말라 하다니. 그 뜻을 어찌 알 수가 있을까.

"여기 호랑 말코 도사들이라고 바보 천치만 있는 건 아니니 무슨 소린지 짐작이 가지 않는 건 아니다. 무언가 있겠지. 안 그렇더냐?"

"……무언가 있다고 예상은 하고 있었습니다."

습격. 납치. 방해.

자신을 노리고 온 일은 많기만 했다. 그러니 형을 노리는 것도.

'가능한 일이다. 아니 분명하겠지.'

어쩌면 자신을 노리기 위해서 형부터 노렸었던 걸지도 몰랐다.

무당으로 오는 내내 들었던 의문이, 오는 길에 아무런 일도 없기에 잠시 접어 두었던 의심이 다시금 떠오른다.

"클…… 그래. 잘난 신의 아니더냐. 그런 일을 벌일 법한 자들도 있겠지. 그래. 본래 그러한 게 무림이니까."

"......"

이어지는 말에는 답을 할 수 없었다.

"그래도 좋다. 골육상잔도 마다 않는 자들이 넘치는데 형제애 넘치는 모습이 좋을 수밖에. 이 나이쯤 먹으면 못 볼 꼴만 보니 아주 좋았다."

"......감사합니다."

"지랄. 감사할 필요 없다. 감사할 일도 아니고. 들어가라."

"여길 말입니까?"

아직 들어가지 않던 전각을 바라본다.

"그래. 그리고 찾아라."

"무얼 말입니까?"

"네 도. 너만의 도를 찾아라 이 말이다. 이 노인네도 못 찾은 도."

뜬금없이 도라니.

"어엇?"

"네 형은 어떻게든 유지를 해 주마. 거기까지가 이 노도의 한계니. 그 이상은 네가 찾아 보거라."

약선준자는 더 설명할 생각도 없는 듯, 전각의 문을 크게 열고서는 운현을 전각에 바로 집어넣었다.

마지막으로 운현의 귀를 울리는 그것은,

[세상만사가 조화다. 태극에까지 닿을 것도 없다. 몸이 조화임을 깨달으면 될 뿐이니…….]

약선준자의 전음 하나였다.

*　　*　　*

태극은 자신에게 너무 먼 단어였다.

조화는 좀 더 가까웠다. 한의학이라는 것 자체가 그러했다.

몸의 정기를 보하는 것도, 몸의 균형을 생각하는 것도, 기운을 다스리는 것도 모두 하나를 따졌다.

조화.

몸의 올바른 상태를 조화로 보고, 그것을 위해 애쓰는 것이 한의학이다.

음의 기운이 강하면 양의 기운으로 다스리고, 반대로 양이 강하면 음으로 다스리는 식이다.

다른 의원들은 또 다른 방식으로 생각할 수도 있다.

이를테면 침을 통한 '자극'이 그 예다.

약을 조화가 아닌 '격발'의 의미로 보는 것이다.

사람마다 생각하는 방식이 다르듯 의원마다 다른 방식을 가질 테니 의견은 서로 다를 수 있다.

어쨌거나 운현은 조화라고 하는 걸 자신만의 의학으로 생각하고 있었다.

오행환도 그런 방식에서 나온 영약이었다.

아직 모든 연구가 끝나지 않은 천지에 관련된 영약도 천(天)과 지(地)의 조화에서 나온 방식이다.

천지에 관련된 영약은 아직도 파고 들어갈 것이 많았지만, 중요한 건 그의 방식.

자신도 모르게 언제부터인가 조화를 향해서 나아갔고, 그걸 맞춰 나갔다.

그가 익힌 무공. 오행. 천지.

그 모든 개념들이 도라 말하는 것들로부터 나왔으니 그러했을지도 모른다.

그런 모든 것들이 그에게 분명 중요한 것들이었다.

하지만, 지금 이 순간에는 그런 조화도, 오행도, 그의 모든 것이라 할 수 있는 선천진기도 중요치 않았다.

'소용돌이와 같았다.'

지금 그에게 가장 중요한 것은 형의 상태다.

좋지 못한 상태. 악질적인 수법. 그런 말로 표현할 수 없을 만큼 심각했다.

어깨를 꿰뚫어버린 상처.

그곳이 핵심이었다.

그 꿰뚫린 상처를 중심으로 기가 날뛰고 있었다.

마치 소용돌이처럼.

검을 쥐지 못하게 하려고 찔러댄 수법 정도가 아니다. 이건 애시당초 노린 상처다.

내상과 외상이 섞여들었다.

약선준자가 자신이 치료하면 불구가 될 거라고 말할 만했다.

"이대로 내상만 잡으면……."

형인 명학은 팔을 영원히 사용하지 못할 거다.

내상을 치료하는 건 균형이 핵심이다.

어깨의 내상을 치료해도 외상이 남아 있다면 균형이 맞지 않는다.

쉽게 말해서 내상을 잡아 봤자 외상을 잘못 건드리면 기껏 잡은 내상이 도진다는 소리다.

그러니 내상만 치료하는 방식으론 외상을 고치지 못한다.

'그러니 불구…….'

그렇다고 외상을 치료하면?

자신이 가진 외과 기술을 이용해서 외상을 치료하고자 한다면?

'날뛸 거다.'

상처를 중심으로 소용돌이치듯 휘돌고 있는 기가 격발될

거다.

지금도 최악인 내상이, 명학의 몸 안에서 날뛰고 또 날뛰어 결국 그의 몸을 망가뜨릴 수 있다.

"적어도 팔 할."

잘해야 이 할의 확률로 내상이 안 도질 거다. 도박이다.

거기에 자신의 형의 치료를 걸 수는 없었다.

외상부터 치료하는 건 힘들다. 내상이 도질 수 있다.

내상만 치료하는 것도 안 된다. 목숨은 건지겠지만, 불구가 될 것이다.

그래도 죽는 것보다는 불구가 나으니, 내상만 치료하는 게 나을 수도 있다.

하지만 안 된다.

"……죽는 거나 마찬가지지."

검수가 검을 쥐지 못하게 되면? 평생 무공을 닦던 자가 오른팔을 사용하지 못하게 되면?

그건 죽은 것과 다를 게 없다.

살아도 산 게 아니다. 죽음보다도 못한 삶이 된다.

노력.

오직 노력 하나만으로 무당의 높은 문턱을 넘은 명학에게는 더더욱 그러할 거다.

그러니 안 된다.

찾아야 했다. 형을 치료할 수 있는 방법을.

결론은 쉬웠다.

죽은 화타라도 오지 않는 한은 오직 자신만이 할 수 있는 일이다.

내상이고 외상이고 모든 걸 한 번에 잡아내야 했다.

외상을 수술하면서, 동시에 내상을 잡을 수 있어야만 했다.

그게 자신이 할 일이다.

"하……."

하지만 자신이 할 일을 생각하자마자 비어져 나오는 것은 한숨부터였다.

내상과 외상을 한 번에 잡는 것이라니. 말만 해도 어려운 일이다.

지금의 경지로는 불가능에 가까웠다.

생명력 그 자체라 할 수 있는 선천진기가 있어도 당장은 무리다.

내상을 치료하는 데 도움을 줄 약학도 자신의 수준은 아직 낮았다.

침술은 더더욱 안 됐다. 자신의 특기가 아니었다.

검이 비틀리면서 깨어진 뼈를 수술로 맞출 수는 있지만 결국 내상이 문제다.

지금까지와는 차원이 다른 문제다.

그리고 그런 문제를 해결하기 위해서는 자신도 차원을 달리해야 했다.

지금까지와는 전혀 다르게.

"……."

터억.

받은 그 순간부터 지금까지 품에 안고 있던 책을 꺼내어 든다.

의명총의서다.

더 많은 걸 보충해야 하고, 더 많은 걸 적어 넣어야 할 의서지만 의명 의방에 있는 모든 이들의 것들이 담겨 있다.

아니 담겨 있어야만 했다.

무당으로 향하면서 쉬는 시간 내내 몇 번이고 보았던 의서지만, 그 안에 담긴 의미 이상을 얻어야 했다.

또한,

"그나마 많아서 다행인가?"

약선준자에게 모든 것일 수도 있을 이 전각 안의 책들로부터 모든 걸 얻어야 했다. 그의 모든 걸 흡수하고 또 익혀야 했다.

그리고 뛰어 올라야 했다.

'나보다 높은 경지니까.'

약선준자의 의술은 자신보다 높은 경지에 있었다.

경지가 높은 그이기에 '조화'라는 것을 말하며 자신에게 실마리라도 줄 수 있는 걸 거다.

자신이 보지 못한 그 이상. 자신보다 높은 경지에 있으니까.

그러니 자신은 내상도 치료할 엄두도 내지 못함에도 그는 내상이라도 치료해 낼 수 있는 거다.

그런 그도 뛰어 넘어야 했다. 괴팍하다지만 자신보다 더 오래 의원 노릇을 했던 그를 뛰어넘어야 했다.

그 잘났다는 의선문에서 파견 나온 침주선의 안영보다도 잘해내야 했다.

'될까?'

사실 말도 안 되는 소리다. 또한 해내도 치료에 성공할 수 있을지는 불분명했다.

의명총의서의 모든 걸 흡수해 내도 될지 모를 일이다.

약선준자가 가진 의서들을 통독하고 모든 걸 얻어낸다고 해도 그를 뛰어넘을 수조차 없을지도 모른다.

단지 책을 읽는다 해서 얻어낼 수 있는 경지가 아니다.

어쩌면 그 이상의 새로운 길을 개척해내야 하는 일일지도 몰랐다.

얼마나 걸릴까? 자신의 형이 버텨내 줄 수 있을까?

'힘들지도 모른다.'

잘해야 일 년.

어쩌면 몇 달 만에 형의 상태가 안 좋아질 수도 있었다.

시간도 없다. 내외상을 단번에 치료해 내는 말도 안 되는 경지에 올라야 했다.

뭣 하나 쉬운 게 없었다. 몇 번이고 되뇌지만 말도 안 되는 짓이 분명하다.

그럼에도, 해내야 했다.

"까짓거 해 봐야지."

환생도 하는 세상 아닌가. 영문도 모르겠지만 죽었다 다시 살아난 자신도 있지 않은가.

다른 세상이란 곳, 시간과 공간을 격하고 살아가는 자신도 있잖은가.

기가 있고, 내상이 있고, 외상이 있고.

한의학이 그가 전생에 있던 곳보다 더 강한 힘을 보이는 세상 아닌가.

그러니 이 미친 짓도 해낼 수 있을지 몰랐다. 아니, 해내야 했다.

전각 안.

오로지 그 하나.

그의 각오만큼 그의 존재감이 커지기라도 하는 듯, 그의 열의가 전각을 가득 채우고 있었다.

그리고 그가.

움직였다.

＊　　　＊　　　＊

사색 또는 혼란.

아니 어쩌면 운현이 자신만의 길을 본격적으로 걸으려 하는 그 순간.

그 무엇인지 모를, 어쩌면 절망이 될지도 모를 구렁텅이에 운현이 빠져 들어가 있을 때.

약선준자가 어느샌가 자신의 뒤에 다가와 빙그레 웃음 짓고 있는 운선에게 물었다.

운현이 처음 수행자라 생각했던 그 미소를 짓고 있는 운선이었다. 도무지 속을 알 수 없는 이다.

그에게 조금은 불만을 가진 채로 약선준자가 물었다.

"만족하느냐?"

"왜 아니겠습니까."

"이 노도도 평생에 닿지 못한 걸 놈이 닿을 수 있을 것 같더냐?"

"할 수 있을 겁니다."

"놈이 호북에선 신의라 불려도 아직 어리다. 그런데도 된다 여기느냐?"

시간이 부족하다. 시간이 있어야 경험도 있다.

그렇기에 어리다는 건 경지에 이르기 전 경험이라는 벽을 두는 셈이다.

약선준자는 그것을 말했다. 그럼에도,

"그 이상의 무언가가 있겠지요."

운선의 말투는 확신에 가득 차 있었다.

"운인 그놈과 어울리더니, 무언가 들은 거로구나?"

"천재라더군요. 어쩌면 그 이상."

"하하핫. 지랄이 풍년이구나."

천재라는 말에 약선준자가 박장대소를 한다.

그는 진심으로 웃긴 말을 들었다는 듯이 눈물까지 찔끔거릴 정도로 크게 웃어 재꼈다.

끊이지 않을 것 같던 웃음을 끝내자마자, 그가 눈을 빛내며 되물었다.

자신을 더 놀리지 말라는 듯 진지하게.

"세상사 불공평이 진리라지만 무당에서 천재 아닌 자가 어딨더냐? 고르고 골라온 놈들 천지거늘. 안 그렇더냐?"

구파일방엔 재능 있는 자가 모여든다.

처음 입관을 할 때부터 재능을 본다. 가능한 한 많은 재능을.

그리고 재능 없는 자는 도태될 수밖에 없는 곳이기도 했다.

누가 도태를 시켜서가 아니다.

언제부턴가 무당은, 그저 그렇게 만들어져 있었다.

도태된 자는 숨는다.

여덟 궁에 이관. 그 옆으로 나 있는 수없는 암묘와 그를 잇는 교량들 가운데에.

도를 닦는다며 숨고, 무가 맞지 않는다며 숨고, 수행을 한다며 중원으로 나가기도 한다. 또는 나이에 맞지도 않게 은거를 한다.

모두가 핑계다.

무당에 맞지 않는 자가 되었기에 도태되어 나가는 것뿐이다.

진정한 수행을 비꼬자는 것이 아니다. 사실을 말할 뿐이다.

그런 자들 중 몇몇은 때로 기연을 얻고, 득도를 하여 다시금 무당의 중심이 되고는 하지만 대부분은 그렇지 못하다.

그렇기에 무당은 무당에 남아 있는 자가 강하였다.

우물 안 개구리가 아니다. 무당 자체에 남아 있는 자들이 강할 뿐이었다.

모든 구파일방이 그런 식이었다. 오대세가도 그러하였고.

그렇기에 이 넓은 중원, 그 속에 수많은 군상들이 있는 무림에서 구파일방이 오래도록 칭송받는 것이다.

고래로부터 지금까지 그들은 강해 왔으니까.

한순간 흔들려 힘을 잃더라도, 언제고 다시금 강해지는 그들이니까 칭송받는 거다.

그러니 천재가 아닌 자가 어딨으랴.

처음 무당제자가 됐던 명학이 노력의 천재이듯, 뒤늦지만 자신만의 검을 만든다며 열의를 쏟는 문환이라는 아이도 모두 천재다.

그러니 천재라는 말에 웃는 거다. 약선준자가 비웃을 수밖에 없다.

"때로는 규격 외도 있더군요."

"규격 외라……."

"보셨잖습니까? 그는 저 이상일지도 모릅니다."

운선.

무당의 숨은 보물.

차기 장문이 될지도 모를 자. 아니 그 이상, 모두가 인정하는 무당검 그 자체가 되어 줄지도 모를 이다.

오직 수행에만 집중하여, 기로행에서조차도 도관에 있으

며 수행을 하는 기행을 했기에 무림에 알려지지 않은 그지만 그는 진짜다.

그가 몇 번 보지도 않은 운현을 인정하고 있었다.

"그 아이가 그런 존재가 될 거라 보는 것이더냐? 무당이 아닌 곳에서 홀로 길을 닦아온 아이가? 아무런 가르침 없이?"

"영웅이 나와 줄 때도 되었지요. 적어도 호북은 난세가 아닙니까? 아니, 중원 전체가 시끄러워져 가고 있지요."

"클……"

모두가 아는 것 이상으로 복잡한 중원이다. 그걸 약선준자라 해서 모를 리가 없었다.

난세가 만드는 건 영웅이니, 운선의 말대로 운현이 영웅이 될 수도 있다.

하지만.

"무당이 아닌 아이를, 무당의 적통이랄 수 있는 네놈이 영웅으로 만들어 주는 것이더냐? 네가 될 생각은 없고?"

"하핫. 어디 무림 영웅이 되고 싶다 해서 됩니까. 그저 인연이 닿았으니 따를 뿐이지요."

"수행에 미친 놈……"

운선도 자신의 말대로만 되지 않을 수 있음을 안다.

되고 싶어 되는 게 영웅이던가. 그렇다면 세상에 영웅은

차고 넘칠 게다.

거창하게 말했지만 운선이 본 운현은 난세에 영웅이 될 만한 격은 가진 존재였다.

단지 자격만을 갖췄을 뿐인 거다. 그럼에도 약선준자의 모든 것이 담겨 있을 전각을 내어준 것은.

'진정 인연이 닿은 것이라면 얻을 수 있겠지. 그게 무엇이든……'

무언가를 얻을 수 있을 거라고 생각했을 따름일 뿐이다.

영웅이 되지 못해도 상관없이 단지, 어린 아해가 안쓰러워 전각을 내어줬을 뿐인 거다.

전각을 내어준 주도록 한 운선에게는 딱 그 정도의 행위였다.

"그놈의 인연. 역시 네놈은 불가에 가는 것이 맞았다!"

"하핫. 그것도 그것 나름 인연 탓이겠지요."

"망할 놈! 호랑 말코, 아니 땡중 같은 자식!"

약선준자는 잔뜩 악담을 하고서는 뒤돌아서 먼저 움직였다.

"네놈 덕에 당분간은 약소전주한테 신세나 져야겠구나."

그 뒷모습을 향해 운선이 읍을 올린다.

투박하지만, 자신의 뜻을 따라 준 약선준자에 대한 예였다.

第六章
미쳐라

침식(寢食).

인간의 가장 기본적이며 근본적인 욕구 그리고 본능.

그것을 잊는다.

짐승이 아닌 사람이기에 자신의 본능이라는 걸 잊고서는 행(行)한다.

운현이 그랬다.

형을 치료하겠다는 의지를 가지고 움직였다.

그리고 간간이 며칠에 한 번 일어날 때마다 전해지는 명학의 말을 운선을 통해 전해 들었다.

명학은 자신이 아픈 와중에서도,

"······결국 온 것입니까? 그래도 다행입니다."

아무 일 없이 운현이 무당에 온 것을 다행으로 여겼고.

"형이 무리는 말라 했다고 전해 주십시오."

자신의 상태보다는 운현의 상태를 걱정했다고 했다.

그리고 운현이 그를 위해서 약소전의 전각에 매달려 있다시피 한다. 소식을 전해 듣고는,

"저 또한 버티겠습니다. 어떻게든······."

운현이 할 수 있는 최선의 치료를 할 때까지 버티겠다며 의지를 불태워 줬다.

그 말 한마디, 한마디가 소중했다.

안 그래도 말수가 적은 명학 아닌가.

그런 명학이 며칠에 한 번 겨우 깨어나서는, 겨우 입술 사이로 내뱉은 말들은 모두 동생을 위한 것이었다.

자신의 상태보다는 운현을 위한 말들이었다. 하지만 그의 말을 들으니 운현은 더더욱 침식을 챙길 수가 없었다.

그렇기에 운현은 읽고, 또 읽었다.

이 안에 주어진 모든 의서들을 외우기 위해서라도, 그 사이에 무언가 얻기 위해서라도 막무가내로 움직였다.

자신이 할 수 있는 일이라고는, 형을 치료하기 위해서 나아가는 일밖에는 없었으니까.

"이것도 아니군."

하지만 답은 아직 나오지 못했다.

약선준자의 도움에 더해 침주선의가 나름 제 몫을 다해 주는 덕분에 명학의 상태가 더 나빠지지는 않고 있다지만 해법이 없었다.

영약을 집어 삼켜 억지 깨달음이라도 얻는 방법이라도 있었더라면 어떻게든 했을 텐데, 당장 답이 보이지 않았다.

그럼에도 이미 몇 번을 펼쳐 보았을 의서를 다시 집어 든다.

'실마리라도 나오면 돼.'

아주 티끌 같은 자그마한 조각을 찾고자 하는 거다.

치료가 가능한 새로운 경지로 이끄는 조각을.

그가 내공까지 돌려가며, 침침해져 가는 눈을 억지로 굴려 가면서 얼마나 읽어 가고 있었을까.

집중을 하고 있는 사이 그가 느끼지도 못하게 조용한 몸놀림으로 전각 안으로 들어선 자가 있었으니.

"오늘은 쉬어라."

"형님?"

둘째인 문환이었다.

어렸을 때에는 운현의 약들에 실험체 노릇이나 하던, 배탈이 자주 나서 탈을 겪던 그가 바뀌어 있었다.

전보다는 더 묵직하게, 사내다운 호방한 얼굴을 하고서는 잔뜩 인상을 찡그린 채로 운현을 바라보고 있었다.

"형님은 무슨 형님이냐. 어릴 때처럼 형이라고 하면 될 것을……."

"알았어."

"그래. 그래야 내 동생이지."

첫째인 명학에 대해서는 일부러 이야기를 안 하는 걸 거다.

어서 낫기를 바라는 마음에 재촉이라도 할 법하지만, 그조차도 내색지 않고 있었다.

잔뜩 의서를 쌓아 놓고서는 그 가운데 작은 상 앞에 쪼그려 앉아 있는 운현.

그의 바로 옆에 풀썩하고 같이 앉는 명학이었다. 그리고는 물었다.

"잘되냐?"

"솔직히…… 아니. 길이 안 보여."

"너가? 하기야 보통 일은 아니지. 보통 일은……."

무뚝뚝하지만 많은 것이 담겨 있는 물음이었다.

이렇게 애를 쓰는데 괜찮느냐. 형의 상태는 어찌 생각하느냐.

그런 의미들이 아로새겨진 짧은 물음이다.

"명학 형도 안다. 너가 애쓰고 있는 거. 운선 도장님을 통해서 전해 들었잖아?"

"그렇지."

"그래. 그런데 들어 보니, 환자가 하나 더 늘게 생겼더라."

"무슨 일이라도 있는 거야?"

"너 말이다, 너. 사람 고친다는 놈이 환자가 될 거 같다 이 말이다. 니 꼴을 봐라."

거무죽죽한 눈 밑. 퀭해진 눈동자. 빨지도 않고 계속 입은 옷.

그 옆으로 실험을 한답시고 조리도 못 해 쪼그라든 약초의 향이 배기까지 한 상태다.

겉모습은 누가 봐도 정상이 아닌 상태의 운현이다.

"……내공이 있으니까 괜찮아."

"억지는. 됐다. 이거나 받아라. 아니, 챙겨 좀 먹어라."

명학이 주머니를 열자 청명한 향이 운현의 코 사이로 스쳐 지나간다.

벽곡단이다. 그것도 꽤나 귀한 거다.

이미 가진 것이기도 했다.

운선이 침식을 잊고 사는 운현에게 한 주머니는 가져다주었으니까.

"이미 있는데……."

"쟁여 둬서 뭐하냐. 먹어야 사는 거지. 어서 먹어."

문환이 건네준 벽곡단을 집어 들어 바로 입 안에 넣는 운현이었다.

아그작하고 씹히며 청아한 향이 그의 입 안을 감싼다.

멍해져 가던 정신이 조금이나마 시원해지는 기분이었다.

"좀 낫지? 그러니까 이 정도는 챙기라고. 형들 걱정시키지 말고."

"나는……."

핑계를 대어보려는 운현의 말은 문환이 가로챘다.

"안다 알아. 잘하려고 그러는 거. 어떻게든 해내려고 하는 거겠지. 어릴 때부터 그래 왔으니까."

아버지는 아버지대로 운현을 챙겨 주었지만, 그의 가장 가까이에 있었던 이는 역시 문환이었다.

그의 약 상대가 되어 주기도 하고, 장난도 곧잘 치면서 지내던 사이니까.

형제기에 너무도 당연했던 것들이다.

문환이 성큼 다가와 그의 어깨를 두드려 준다.

"고생하고 있는 거 안다. 잘할 수 있는 것도 알고. 그래도 몸은 챙기면서 해라. 병난다."

"어, 응."

"앞으로는 네 전각 앞에서 있을 거니까."

"그래도 돼?"

문환은 무당의 제자라고 하지만 가장 항렬이 낮았다. 무당의 제자들이라면 정해진 틀이 있을 터.

그런 그가 이곳에 있어도 괜찮을까?

안심을 하라는 듯 문환이 싱긋 웃어 보인다.

"스승님한테도 그리 허락을 받았다. 운선 도장님이랑 함께 있을 거다. 그러니까 힘내라. 아니 힘내자. 너나, 나나."

배려다. 오로지 운현만을 배려하기 위해서 허락을 받아왔을 거다.

문환과 명학의 스승인 운인 도장은 자상하기는 하지만, 규칙에는 엄한 자였다.

고지식하다고도 할 수 있을 정도의 인물이다.

그런 그가 문환이 이곳에 있을 수 있게, 자신의 제자에게 예외를 주었다는 건 큰 배려다.

"알겠어. 잘해 볼게."

"그래. 믿는다. 무슨 일 생기면 바로 부르고!"

운현은 침식을 잊어가는 만큼, 새록새록 자라고 있던 절망이란 놈이 사라지는 기분을 느꼈다.

'빚인가. 아니 가족이니까.'

새삼 가족의 소중함을 다시 느끼며, 손에 든 벽곡단 몇 개를 집어 와그작하고 씹는다.

알싸한 향이 감도는 만큼 정신이 또렷해져 간다.

아무것도 변한 것이 없다. 아니, 그럼에도 무언가 달라졌다.

가족이란 사람이 하나 다녀갔음에 희망이란 게 생기는 기분을 느끼는 그였다.

"다시……."

힘을 내어 본다.

*   *   *

"어떻게 될 거 같냐?"

갑작스러우며 괄괄한 물음이었다.

마무리를 하던 침주선의로서는 이런 질문은 생각지 못했다. 뜻도 모르겠고.

"예?"

"멍청하기는. 그 아이 말이다. 할 수 있을 거 같냐고."

약선준자가 아무리 무당의 어르신이라지만, 이런 적나라한 표현은 해서는 안 될 표현이다.

침주선의 안영이 의선문의 전부는 아니더라도, 최소한의 예라는 게 있는 법이니까.

그럼에도 워낙에 괴팍하다고 소문이 나 있던지라 안영도

적응은 해냈다.

"그 아이라면…… 호기신의를 말하는 것이로군요."

"그래."

"모르겠습니다. 아니 아마 안 될 겁니다."

약선준자의 약과 자신의 침을 합하여 겨우 현상 유지를 하고 있는 상황이다.

아무리 신의라는 이름을 가졌다 해도, 제 나이의 반절도 안 되는 운현이 가능할까?

무리다.

라고 생각할 수밖에 없는 안영이었다. 상식대로라면 분명 불가능한 일이었다.

그 태도가 마음에 들지 않았던 건지 약선준자가 눈을 가로로 길게 뜨고는 물었다.

"안 될 거라? 너는 이 녀석이 치료가 안 되었으면 하는 것이더냐?"

"그게 아님은 알잖습니까? 우애도 좋고, 노력도 좋다 이겁니다. 그래도 무리는 무리입니다."

"크흐……."

근거가 확실하니 더 채근을 할 수도 없었다.

명학을 치료하겠다고 나서려면 최소 운현이 침주선의와 약선준자 둘을 합한 실력 이상이어야 했다.

그게 될 리가.

"어르신도 이미 아시잖습니까? 치료를 기다리는 형, 그걸 치료하려 침식을 잊은 동생. 애틋한 이야기라지만 …… 역시 무립니다."

"하…… 만약에 치료가 된다면?"

"그때는 정말 신의가 탄생하는 것이겠지요. 그리고……
아니, 아닙니다."

자신과 약선준자를 뛰어넘는 실력을 가진 신의가 된다면,
그때는 의선문도 지켜만 보고 있지는 못할지도 몰랐다.

안영도 지금에 이르러서는 두 형제의 우애를 보며 느끼는
바가 많지만, 현실은 현실이다.

결국 좋든 싫든 신의라는 자리, 최고 의원이라는 자부심을
두고 다툴지도 모를 일인 거다.

'그러지 않았으면 하지만…….'

아니라고 부정하기에는 중년의 나이에 들어선 지 오래인
안영이 아닌가.

현실을 너무 잘 알고 있기에, 신의가 진정 신의가 되게 되
면 그 뒤는 별로 생각기 싫은 그였다.

약선준자는 그 마음을 읽어낸 듯하다.

"클클…… 네 녀석도 생각이란 걸 하기는 하는구나?"

"어르신!"

"됐다. 아무리 그래도 의원이란 자들이 그리 썩었을라고. 어쨌거나 슬슬 마무리를 하기는 해 보자꾸나."

"하기는 해야지요. 하지만 얼마나 버틸는지……."

둘이 최선의 노력을 다하고는 있다. 하지만 환자의 상태가 상태다.

과연 언제까지 명학이 버티고 있어 줄지는 이제 의술 실력을 넘어 운의 영역이 되어 가고 있었다.

"그래. 해야지. 죽을 놈 살리는 게 의원이니까."

이뤄지지 못할 약선준자의 작은 소망에는 침묵한 채 치료를 보조하는 안영이었다.

*   *   *

"이게…… 이런 거였던가."

살피고 또 살폈다.

약을 졸이는 그 순간에도 의서를 놓지를 않았다.

그럼에도 부족한 듯싶어 안에 있는 모든 책들을 읽고 또 읽었다.

의서가 다해도 작은 실마리라도 잡힐까 봐. 그게 이십일 전부터 시작된 일이다.

아직도 모두를 익혀 낸 것은 아니다.

이 넓은 전각의 바닥까지 가득 채운 모든 것들을 통달했다 할 수는 없었다.

그래도 읽기는 하였다. 그리고.

"······이어지는군. 아니, 내가 착각을 하는 걸지도."

실마리가 이어지듯 연결된 무언가가 있었다. 선이 있었다.

의서, 약학서.

누가 썼는지는 모를 여러 명의 필체로 쓰여 있는 의술, 무리에 관한 이야기들.

어쩌면 약선준자가 있기 이전부터 이곳을 지키고 있었을 의원들이 남겨 놓은 흔적들이다.

그것이 이어지고 또 이어지고 있었다.

각자가 다른 방식으로 약소전에 자리를 틀었을, 많은 이들이 남긴 흔적이 이어지는 것이다.

경지에 이르면 통한다는 만류귀종이란 말은 알고 있었지만 그것을 실제로 보게 될 줄이야.

한 권, 두 권.

이어지는 그 무언가들을 연결하고 또 연결해 낸다.

많은 서적들이 이어져 어느 순간 수십 권의 책이 운현을 중심으로 펼쳐져 있었다.

이곳에 들어오기 바로 직전 약선준자가 자신에게 말하였다.

조화에 대해서.

그래서 조화라는 것에 집착을 했다. 그러다 보니 이 이어지는 선을 늦게 찾았을지도 몰랐다.

아니 조화라는 말이라도 신경을 썼기에 이 선을 찾아낸 것일지도 몰랐다.

무릇 깨달음이란……

'원해서 얻어지는 것이 아니니까.'

우연이든, 약선준자가 이끌어 낸 것이든 어느 쪽이든 상관이 없다.

주자고 말해서 줄 수 있는 깨달음도 아니니, 결국 자신이 찾아낸 것이나 다름이 없긴 했다.

'아니. 그래도 아직이지. 더 찾아야 해.'

이제 막 실마리를 찾았을 뿐이다. 얻어낸 것이 아니다.

필사를 하기 위해 붓을 집어 든다.

아직 머릿속에 담겨만 있는 선들, 책에만 쓰여져 있는 무언가를 이어 나간다.

아니 필사한다.

생각에서 글자로, 글자가 이어져서 문장이 된다.

다 이어진 문장은 하나의 흐름이었으며 동시에 운현이 얻은 그 무언가가 기록되어 있었다.

아무것도 모르는 자에게는 그저 의학과 무학에 대한 한

사람의 끄적임 정도.

하지만 이것에 아로새겨진 의(意)는 운현에게 있어서는 신세계였다.

그리고.

"하……."

새로운 이끎이었다. 그의 경지를 더욱 위로 올라가게 하는.

절정에서 그 위.

어쩌면 누군가에게는 평생을 바라보기만 해야 하는 그런 경지가 그의 눈앞에 보여졌다.

"결국에는 기운이었던 거군."

없던 것이 생겨났다. 새로운 감각이 생겨나듯, 느껴지지 않던 것이 느껴지기 시작한다.

아니, 어쩌면 착각이다. 전에 느껴지던 기운이란 것들이 너무 확연히 다가오기에 만들어진 착각.

그래서 새로운 기관이 생긴 거라 여겼던 것일지도 몰랐다.

"다른 길을 걷게 되는 건가."

약선준자가 말하는 조화는 그에게 없는 깨달음이었다.

이곳 전각에 자신을 넣어 준, 약선준자가 말하는 조화란 결국 약선준자가 가진 지고한 깨달음의 조각이었을 거다.

무당 출신인 그이기에 태극을 배우고, 오행을 알며 조화를 깨달았겠지.

그로 말미암아 지금의 경지에 이르렀을 것이고.

전각에 그를 넣으면서 운현이 그것을 뛰어넘기를 바랐을 거다.

하지만 운현은 결국 조화는 깨닫지 못했다.

그가 얻은 깨달음은 결국.

"기운."

대기에 퍼져 있는 그 어떤 기운을 느끼고, 그를 통해서 세상을 읽는 법을 배웠다.

선천진기를 쌓고 있는 그.

의원을 하며 많은 환자들을 다뤘던 그.

오행환을 만들고, 천지의 기운을 다루고자 영약을 만들었던 그.

의사였던 그가 다시 태어나, 기운과 기감을 익히고 한의사로 나아갔던 그 모든 경험들이 관통된 깨달음이었다.

기운에 관련된 그의 경험들이 그를 기운이라는 것의 일의 (一意)를 깨달을 수 있도록 이끌었다.

*   *   *

일반적이지는 않은 깨달음이었다.

갑작스럽게 내공이 늘어나는 것도 아니었으며, 의술의 신이 되는 미친 경지에 이르는 것도 아니었다.

그가 얻은 깨달음은 무공과 의술의 양립을 추구하던 그이기에 얻을 수 있는 그런 깨달음이었다.

그렇기에 좀 더 나아진 기감, 견고해진 깨달음을 얻고도 운현은 확신을 얻을 수 없었다.

'될까?'

지금 이것의 깨달음이 과연 그의 형에게 제대로 작용을 할 수 있을는지.

기운을 읽는 수준을 넘어 보는 수준에 이르렀다 해서, 과연 기운을 조종할 수 있을지는 그도 몰랐다. 그가 배우지 않은 그 어떤 것을 관통하여 얻어낸 것이니까.

"어렵군."

이곳 약소전에 있는 약선준자나 침주선의, 다른 어떤 의원도 가지 않을 그런 길이다.

누군가에게 물을 수도 없는 전인미답의 길을 걷고 있는 셈이다.

그러니, 결국 이곳에 홀로 앉아 있어 보아야 알게 되는 것도 달라지는 것도 없었다.

"가 봐야겠지."

침식을 잊고 살던 그가, 전각의 바깥으로 발을 내디뎠다.

*　　*　　*

"물이 아래로 흐르듯, 무라는 것도 결국은 흘러가는 것입니다. 그 흐름은……."

"으음."

평제자이면서 운현이 거주하는 전각에 머무를 수 있는 특혜를 받기는 했지만, 수련을 하지 않는 것은 아니었다.

장진전의 일로 일처리를 바삐 하고 있는 운인을 대신하여 같은 항렬인 운선이 나서 줬다.

운인과는 다른 방식이기는 하지만, 도와 무를 함께 대입해 나가면서 문환의 수련을 돕고 지도하는 것이다.

'확실히 스승님과는 다르네.'

다만 문제가 있다면 도를 익히는 도인이라기보단 무를 익히는 무인에 가깝다는 점일까.

도와 무의 공존을 추구하는 운선의 방식에 문환으로서는 도무지 적응이 힘들었다.

같은 한 시진 수련이라고 하더라도 장진전에서의 수련보다 족히 두 배는 힘들게 느껴질 그런 수련이었다.

육체가 아닌 정신이.

새로운 방식의 고통이며 고뇌라고도 할 수 있는 수련이다.

그렇다 해서 얻어지는 것이 전혀 없는 건 아니니, 허투루 할 수도 없었다.

무당 내에서 알려진 것 이상으로 운선의 경지는 깊었고 확실히 도움이 됐다.

"그러므로 결국 이것을 무에 대입하고자 한다면…… 음?"

적어도 앞으로 반 시진.

그 정도는 무에 관한 정론을 설명하고 수련을 도울 운선의 담론이 갑작스럽게 끊어졌다.

그는 가타부타 말도 없이 뒤를 돌아보았다. 운현이 머무르고 있을 전각을.

"어?"

운선이 움직이는데 문환이라고 해서 가만히 있겠는가.

자연스럽게 시선이 전각을 향해 갔다.

전각을 바라보는 것은 문환으로서는 당연한 움직임이었다.

하지만 그의 시선에는 당연하지 않을 일이 벌어지고 있었다.

"운현아!"

침식을 잊고 있는 아이. 형으로서 아무것도 도와줄 수 없기에 안타까움만 주고 있는 동생.

그 미안함에 스승에게 양해를 구하여 몸으로라도 함께한

동생이 나오지 않던 전각을 나섰다.

얼마 만이던가.

한 달도 아니다. 단 두 달은 더더욱 아니고. 무려 네 달을 있었다.

세상만사 모든 것을 잊기라도 한 듯, 오직 자신에게 남은 것이라고는 형을 위한 경지로의 깨달음뿐이라는 듯이!

전각 안에 침잠해 있기만 하던 운현이 모습을 드러냈다.

'설마……'

깨달음을 얻은 것인가?

희망을 잠시 가져 보던 문환이지만 이내 고개를 휘휘 저었다.

말도 안 되는 소리다.

한 사람이 갇혀 있기에 네 달이라는 시간은 긴 시간이지만, 수련자로 보기에 그 시간은 그리 긴 시간이 아니다.

십 년이고 십오 년이고 면벽 수련을 하는 수행자들이 괜히 있는 것이 아니다. 수련을 위한, 더 높은 경지에 이르기 위한 기간으로 네 달이란 기간은 너무도 짧았다.

그렇기에 고개를 저을 수밖에 없었던 거다.

잠시 가졌던 희망은 이루어질 수 없는 희망이었다.

'결국 포기한 건가.'

어쩔 수 없었겠지.

아무리 천재인 동생이라고 해도 결국 한계가 있을 수밖에 없었다.

어떻게 위로를 해 줘야 할까. 최선을 다했으니 됐다고 해야 할까. 어떻게든 수가 날 거라고 거짓말이라도 해야 할까.

이런 일은 아무리 문환이라 해도 익숙하지 않았기에 도무지 방법이 생각나지 않았다.

그래서 허튼소리가 나왔다.

"······뭐 필요한 거라도 있는 거야?"

개소리였다. 전각에 없는 게 뭐가 있겠는가. 뭐가 필요하겠는가.

정신이 없어 나온 헛소리일 수밖에 없었다.

헛소리를 하는 문환의 물음에 운현이 고개를 가로로 젓는다.

그도 아직은 확신이라고 할 것이 없었기에, 표정이 그리 좋지만은 않았다. 그의 깨달음이 과연 치료의 길로 이끌어 줄지는 아직 확신할 수 없었으니까.

"아니. 형을 봐야겠어."

운현이 작은 희망을 가지고 약소전 한켠에 누워 있는 명학을 향했다.

第七章
진정으로 보다

안으로 들어갔다.

병실답게 깨끗했다. 그 한가운데에 자신을 그토록 애타게 하던 명학이 있었다. 형이다.

"……."

"……."

운현과 함께 따라나선 운선과 문환도 운현을 방해하진 않으려는지 침묵했다.

의원이기 때문이다.

곧 오게 될 약선준자나 침주선의를 제외하고 병실은 운현의 영역이었다.

"후우."

심호흡을 한 번 내뱉고서는 한 걸음 나아가 보는 운현이었다.

네 달 전. 그때와 비교하여 달라진 것은 많지 않았다.

문제라면 하나뿐이었다. 하지만 가장 심각한 문제이기도 했다.

'더 안 좋아졌군. 미세하지만 달라.'

보자마자 알 수 있었다.

전이라면 모를 것들이 보였다. 자신의 형의 상태는 미묘하지만 달라져 있었다.

안 좋은 쪽으로.

침주선의와 약선준자 둘 모두 노력을 해 주었겠지만, 역시 한계가 있었던 거다.

'그래도 많이 노력해 주셨네. 이것도 빚이군.'

그나마 이 정도 버텨 주었던 것도 이따금씩 깨어나는 형의 의지가 있었던 덕분일 게다.

의원이기에 상황을 파악했고, 경지가 올랐기에 지난 시간이 모두 읽혀졌다.

그때다.

보자마자 기운을 읽고 있던 운현이 가장 먼저 느꼈다.

"설마."

"으으으……."

힘이 없는 것인지 사내가 내는 것이라기에는 옅은 신음과 함께 명학의 눈이 부르르 떨리는 게 보였다.

이삼일. 아니 근래에 이르러서는 사흘째 눈을 뜨지 못하였다고 하던가.

내상이 있다 보니 상태가 더 안 좋아진 만큼 의식을 차리기 힘든 상태다.

그런데도 지금 이 순간 의식을 찾을 듯하다니?

운이 좋았다.

그도 아니면, 운현을 보고 싶어 하던 명학의 의지가 지금 발현되어 줬을지도 몰랐다.

어느 쪽이든 기적과 같은 순간이었다.

부르르 떨리던 눈꺼풀이 작게 열리고, 자신의 앞에 자리한 이를 바라본다.

믿기지 않는다는 듯 한참 동안 멀거니.

"운현?"

"예. 형님. 운현입니다."

"하…… 정말 왔구나."

한숨부터 비어져 나오는 것인가.

하기야 해후를 나누기에는 지금의 상황이 좋지만은 않았다.

"안심을 시키려던 말이…… 아니었어. 흐……."

자신이 원치 않던 상황임에 헛웃음을 지으려 했던 건가.

잠시 벌어졌던 명학의 입술에서 이내 작은 숨이 내뱉어져 나온다.

"왜 안 오겠습니까. 당연히 와야 하는 것이지요. 당연한 겁니다."

"……."

형제가 다쳤다 한다. 부상이 크다 한다. 오는 것이 당연한 일이었다.

하지만 지금 이 순간이 누군가의 장난질로 만들어졌다는 것을 알기에, 마냥 기뻐할 수가 없었다.

와준 것이 고마우면서도, 명학은 이렇게 그를 오게 만든 자신을 원망했다.

자신이 조금만 더 강했더라면 이런 상황이 그려지지 않지 않았을까 하는 후회다.

후회와 원망이 있기에 오직 기쁨만으로 해후를 할 수가 없는 거다.

운현이라고 그 마음을 모를까. 멀거니 형을 바라보던 운현이 그의 바로 앞에 자리를 잡는다.

"괜찮습니다. 어떤 일이 일어나든 해낼 겁니다. 형님의 동생이지 않습니까?"

"⋯⋯그래."

짐이 되어 미안하구나라는 말은 끝내 못 하는 명학이었다.

어쩌면 첫째 형으로서의 마지막 자존심일지도 모를 일이다.

잠시의 침묵.

서로가 서로를 애타는 눈빛으로 바라보고 있었다.

먼저 입을 여는 쪽은 역시 명학이었다.

그는 자신이 깨어 있을 시간이 얼마 남지 않았음을 이미 알았다.

"힘들었나 보구나."

"형님만큼 힘들었겠습니까. 괜찮습니다."

"초췌해⋯⋯. 몸 챙겨라."

어째 자신의 형들은 하나같이 자신부터 걱정을 해 줄까.

부상을 입었음에도, 무당의 제자로서 의무가 있음에도 동생부터 걱정해 주는 형들이었다.

"형님이야말로, 꼭 치료해 주겠습니다."

"그래⋯⋯."

과연 가능할까.

무당에 속해 있는 명학이었기에 약선준자와 침주선의가 무림에서 어느 정도의 위치인지 잘 알았다. 그들은 분명 실력자다.

자신을 위해서 애써 치료를 하려 하는 것도 충분히 알았다.

그들의 정성은 아픈 와중이라도 알 수밖에 없었다.

그런 이들이 여태까지 치료를 제대로 하지 못했다. 그런데 운현이 해낼 수 있다고?

'……무리다.'

팔을 못 쓰는 병신이 되는 건 자신이지만, 슬픈 단언을 할 수밖에 없었다.

아무리 봐도 자신의 상태는 무리랄 수밖에 없었다.

약주선자는 전하지 않았지만,

"더 가다가는 불구가 아니라 목숨이 위험할지도 모른다."

는 말을 혼미한 가운데에서도 얼핏 들은 명학이었다.

그래도 동생이 한 말이지 않은가. 오롯이 자신을 위해서 한 말이다.

그렇기에 그가 할 수 있는 말은 단 한마디뿐이었다.

"부탁……한다."

단 네 글자, 한 마디를 남김에도 정신이 혼미해지는 듯해 보였다.

운현의 얼굴을 조금이라도 더 자신의 눈 안에 두려 눈꺼풀을 부르르 떨던 명학의 눈이 결국 어둠에 가려진다.

이만큼 대화를 한 것만 해도 상당히 무리를 한 셈이었다.

"예. 형님. 해낼 겁니다."

명학이 그러했듯 운현도 한참을 두고 정신을 잃은 명학의 모습을 한참 바라보았다.

그리고는, 자신에게 주어진 의무를 위해서 움직이기 시작했다.

*   *   *

손목을 들어 자신의 손을 가져다 대는 운현이었다.

진맥.

이 한 번의 진맥을 하기까지 얼마나 많은 공이 들어갔는가.

자신이 치료치 못하는 것을 확인할까 봐 두려워서, 방법이 없다 여겨서 하지 못하던 진맥이다.

그래서 더더욱 전각에 틀어 박혀서 방법만 찾아댔을지도 몰랐다.

한 번의 맥박.

심각한 형의 상태가 운현의 가슴을 찌르듯 가장 먼저 느껴진다.

맥동 한 번에도 그의 상태가 느껴짐에 기뻐해야 할지, 슬퍼해야 할지를 모를 상황이다.

두 번. 세 번.

계속해서 이어지는 맥동에 더 집중해 들어간다. 평생에 다시없을 집중이다.

'아……'

느껴졌다.

분명히 느꼈다.

자신의 집중이 깨어질세라 입 밖으로도 소리는 내지 못하는 운현이다.

팔에서 난 상처를 중심으로 내력이 소용돌이 치고 있다는 사실은 전에도 느꼈다.

하지만 이건 느끼지 못했었다.

'저게 중심이었나.'

핵(核)이 느껴졌다.

전에는 소용돌이 전체만 느껴졌다면, 지금은 소용돌이를 일으키는 핵이 느껴졌다.

처음 핵을 느끼기 시작하고 집중을 하자, 이제는 눈에 보이듯 선명하니 들어오는 느낌이었다.

깨달음이 허상 되지는 않았던 거다. 이런 식으로라도 볼 수 있게라도 만들어 주었으니까.

'볼 수 있느냐 없느냐는 분명 큰 차이지.'

내상이 결과, 원인은 저 핵에 들어 있는 이물에 가까운 내력.

몇 달이 지날 때까지 어찌 버티는 건지는 몰랐다.

알 이유도 없다.

중요한 건 다른 이의 내력이 형의 상처를 중심으로 소용돌이 치고 있다는 것이었다.

작은 암세포가 사람을 죽이듯 이 작은 내력 하나가 형을 죽이고 있었다.

하루치 내력도 안 될 내력이 형을 괴롭히다 못해 불구로 만들려 하고 있었다.

두 의원이 붙어 치료했음에도 쇠약해지고 또 쇠약해지는 것은 이 작은 내력이 기맥을 막은 덕분이리라.

막은 기맥 사이로 형의 내력, 의원들의 정성을 빨아들여서는 소용돌이를 유지했겠지.

저것. 저 작은 핵.

저것만 완벽히 없애버리면 된다. 그와 동시에 필요한 것은 수술.

결국 내상치료와 외상치료가 한 번에 돼야 한다는 건 확실했다.

'할 수 있을까?'

핵을 찾아낸 것만으로도 큰 발전이다. 그렇다 해서 내상과 외상을 동시에 치료하는 걸 장담할 수 있을까?

"……."

맥을 짚은 채로 눈을 뜬 운현이 형을 바라본다.

작은 대화에도 상당한 힘을 쏟아낸 듯 식은땀을 흘려내는 게 중해 보이는 상황이다.

'……문제는 체력인가.'

자신이 최선을 다하기는 해야겠지만, 형 또한 버텨줘야 했다.

그가 멀거니 있으려니, 뒤에서부터 노인의 목소리가 들려온다.

"어떻더냐?"

약선준자다.

이제는 익숙해지려 하고 있는 목소리다. 그의 목소리에도 잔뜩 걱정이 서려 있었다.

"심각하군요."

"그래. 그렇지. 최선은 다했다만……."

괴팍하지만 그도 의원이다. 자신이 치료하는 환자의 상태가 좋지 못함에 기쁠 의원은 어디도 없다.

그래도, 그는 최선을 다했다.

"감사합니다."

"아니다. 그래, 결정은 내렸느냐? 이쯤에서 내상이라도 어찌 치유하는 게 좋지 않겠느냐."

불구가 될 수 있다는 말은 말하지 않는 약선준자다.

이미 운현도, 약선준자도 알고 있는 사실이니까. 굳이 말할 필요가 없었다.

운현에게 악심을 보이던 침주선의도 이 순간만큼은 선의가 있는 듯 같은 눈빛을 보내왔다.

이제 한계이니 고집으로 형을 죽이기보다는, 불구가 되더라도 치료를 하자는 눈빛이다.

당장 눈앞에 보이는 방법이니 그들의 종용은 당연한 걸지도 몰랐다.

하지만.

"방법을 찾은 것 같습니다. 아니 찾았습니다."

"허어…… 진정이더냐?"

"예. 이대로 치료해서야 확률은 낮긴 합니다."

수술을 하고, 자신의 내력을 이용하여 동시에 내상을 치유하면 살릴 확률이 오 할 정도다.

여기에 침술이라도 할 수 있으면 확률을 높일 수 있으나 그걸 더 익힐 시간은 부족했다.

천하의 침주선의가 나선다 해도 자신과 손발을 맞추지 않았으니, 그 또한 불가능했다.

운현도 그것을 알았다.

"낮은 확률에 걸려고 하더냐? 정신을 차리거라. 그래서야 형이 죽을 수도 있음이야."

"그럴 리가요. 그 낮은 확률에 걸려고 했더라면, 지금 이러고 있지도 않았습니다."

"수가 있더냐?"

약선준자의 물음에 운현이 고개를 끄덕인다.

'달리 수가 있지.'

그가 그동안 쌓아 온 것이 있지 않은가.

그는 한의원이면서 침술에는 부족함이 있으나, 다른 하나는 익숙하다 못해 자신의 길을 개척하고 있었다.

그러니 자신 있게 물었다.

"약 창고를 개방해 주실 수 있겠습니까?"

"약 창고?"

바로 약이다.

치료에 부족한 형의 체력을 보하고, 내상 치료의 확률을 높이며, 수술 시에 감염을 막아 줄 건 약뿐이다.

약선준자가 운현의 눈을 한참이고 바라본다. 운현이 진정으로 할 수 있는지를 가늠하는 눈빛이었다.

"허허…… 알았다."

"감사합니다."

깊게 읍을 하는 운현을 이 방에 있는 이들이 모두 기대 어린 눈빛으로 바라보고 있었다.

단 한 명만 제외하고.

'정말 가능한 것인가? 그리 되면······.'

침주선의는 순수하지만은 못한, 복잡한 눈빛으로 운현을
바라보고 있었다.

　　　　　*　　　　*　　　　*

기운을 세밀하게 느낀다는 건, 기운을 조종하는 게 세밀해
진다는 것과 일맥상통했다.

익숙해지기까지 연습이 더 필요하기는 하겠지만 그래도 그
바탕이 달라졌다.

"해 볼까."

약선준자의 허락을 받고 약초들을 얻어 온 운현이다.

필요한 약초는 이미 전각에 있을 때부터 생각해 둔 지 오
래였기에 고민할 시간은 필요 없었다.

다만 더 귀하고, 더 상급품의 약초를 챙겨오면 족할 뿐이
었다.

그가 챙겨온 약초는 귀한 것은 물론이고 삼발초같이 영약
에 사용하는 재료들도 다수였다.

아까울 법도 하건만 무당은 그 정도야 타격도 없다는 듯

쉬이 내줬다.

명문파답게 확실히 그릇이 컸다.

받아 든 약초를 미리 생각해 둔 순서대로 배합을 한다. 음한 기운을 가진 것을 양한 기운을 가진 것으로 다스리고, 약한 약효를 가진 것과 강한 약효의 중화를 할 생각인 그였다.

덤으로 오행을 생각하고, 서로 기운을 상승하도록 만드는 거야 기본이다.

여기까지는 전과 다를 것이 없었다.

본래부터 해 왔던 일이며 의명 의방의 의원들도 배운 바 대로였다.

다만 달라진 것이 있다면, 재료 손질과 함께 다른 일이 추가됐다는 것 정도일까.

"된다!"

그의 깨달음이 약 제조에 녹아들기 시작했다.

그가 지금 하는 행위는 약소전에서 가져온 약초를 단순히 다듬기만 하는 것이 아니었다. 그 정도야 이미 누구나 할 수 있는 일이었다.

약초를 다듬음과 동시에 다른 한 가지를 행했다.

약초의 기운을 느끼고, 약초 자체에 기운을 싣기 시작했다.

전에는 약초의 기운을 느껴 상생을 추구하는 것만 가능했다면, 지금은 약초 그 자체에 기를 주입할 수 있었다.

기사(奇事)며, 괴사(怪事)다!

검수가 검에 기를 주입하여 검사, 검기, 검강을 만든다지만 어디 누가 약초에 기를 주입할까?

어느 의원이 그게 가능하겠는가?

귀한 약초가 무인의 기운을 버티지 못하고 바스러지기나 하지 않으면 다행이다.

그런데 그가 그 일을 해냈다.

의술과 무술의 기괴한 깨달음을 얻어내더니, 기운을 읽는 것을 넘어 주입을 해 내는 데에 성공한 것이다! 괴사일 수밖에!

이걸 무공과 의술의 합일이라 봐야 할까. 그도 아니면, 전혀 다른 것이라 봐야 할까?

"꼭 술법 같군……."

자신이 해 놓고도 믿어지지가 않는 운현이었다.

그가 선천진기를 주입한 약초의 기운은 전에 비해서 더 강한 약효를 보이고 있었다. 아니, 기운이 더 진해졌다는 표현이 맞을 거다.

어느 쪽이든 이걸 배합하여 약으로 만들게 되면 약효가 더 강해질 건 당연한 이야기였다.

기운이 가미된 재료들을 배합해서 약을 만든 뒤?

"만들어진 약에도…… 기운이 또 주입이 되면."

그때부터는 생각 이상의 효과를 내보일 수가 있을 거다.

소용돌이의 핵이었던 음습한 기운을 순식간에 파괴할 만큼 강한 위력을 가질 수 있게 될 거다.

무슨 약이든 한 방에 치료하는 약이란 있을 수 없다. 하지만, 그의 생각대로만 된다면 가능한 일이 될 수도 있었다.

'개개인마다 상태를 보고 배합을 좀 연구해야 하긴 하겠지만 그래도 사기군.'

이야기에서나 나오던 그런 신묘한 약을 만들 수 있게 되는 거다.

선천진기, 약초의 약효, 그의 약학, 지식이 한곳에 배합된 효과다. 그의 평생이 집적된 것이었다.

"후우……."

약초에 그의 기운을 주입하고 또 주입할수록 없던 자신이 생겨났다.

처음 깨달음을 얻고, 기운을 읽어 진맥을 할 때까지만 해도 없던 희망이 생겨나고 있었다.

약효가 달라질수록, 기운이 상승될수록 희망에 한 걸음 더 나아가는 기분이었다.

이 새로운 방식에 더 익숙해진다면?

그가 만든 약이 보통의 약을 뛰어 넘는다면?

내상마저도 겨우 치료한다는 약선준자의 경지를 넘어 약과 외과 기술로 치료를 한다면?

"그때는 정말 신의라고 불려도 되려나."

민망해질 만큼 어색한 단어이지만, 자신의 별호에 들어간 신의라는 것에 한 걸음 더 다가가는 것일지도 몰랐다.

희망을 가지고서 운현이 모든 것들에 기운을 주입하기 시작했다.

*　　*　　*

운현이 치료를 자신하고 전각에 틀어 박혀 약 제조에 몰두할 즈음.

다들 운현이 할 수 있다는 말에 희망을 가지고 기꺼이 기다릴 때에도 그렇지 못한 이가 있었다.

침주선의다.

형제의 우애를 보고, 운현에 대한 악감정이 꽤 사그라든 그였다.

하지만 그건 어디까지나 개인의 문제였다.

의선문에 속한 그가 보기로, 운현이 치료를 해 낸다는 건 꽤나 큰 사건이 될 수 있었다.

무림을 넘어 의선문에는 더더욱!

'정녕 할 수 있을 것인가?'

그가 속한 의선문 자체가 무공을 얻기 이전, 의원들로부터 시작되었으니 어쩔 수 없는 일이었다.

"하, 이거 참. 새로운 경지를 볼 수 있음인데 마냥 기뻐할 수가 없다니. 나도 늙었군."

전이라면, 아니 조금만 더 젊었더라면 이 일을 순수하게 기뻐했을지도 몰랐다.

자신보다 어린 자가 자신보다 뛰어남에 좀 질투가 날 수도 있겠지만, 환자가 치료를 받음은 분명 옳은 일이며 기뻐할 일이었다.

질시가 있고, 세상물을 먹어 검어진 지 오래였어도 의원으로서의 최소한의 양심은 남아 있으니 분명 그러했을 거다.

하지만 지금으로선 그럴 수가 없었다.

의선문에 인정받고, 의선문의 이름으로 의술을 행하던 그가 아니었던가.

그런 그가 치료하지 못한 것을, 자신보다 훨씬 어린 호기 신의가 해 낸다면 그건 큰일이다.

내심 의선문의 문주가 와도 이 내상의 치료는 완전할 수만은 없을 거라 여기는 찰나에 호기신의가 해내면 그때부터는 의선문 전체의 문제가 될 수 있었다.

지금이야 호기신의가 호북성 내에서만 유명인이라 할 수

있지만, 그때가 되면.

"중원 전역에 이름이 퍼지겠지……."

무당파의 영역을 넘어 무림 전체에서 그를 주목할지도 몰랐다.

그리되면 자연스레 의선문의 문주, 의원들을 최고의 의원으로 치던 자들이 변할 거다.

호기신의가 최고라고 말하며 의선문의 명성을 깎아내릴지도 모를 일이다.

얄팍한 일이지만 높은 확률을 가진 일이었다.

"어찌 해야 하나……."

무당에서 한 사람만이 시름이 깊어져 가고 있었다.

第八章
진정한 의미

명학에게 맞춰진 약이 만들어졌다.

기운을 북돋아 줌과 동시에 명학의 기운과 상승 작용을 하여 내상을 몰아낼 수 있도록 했다.

수술을 하면 마취를 대신해서 혈을 짚기는 할 거다. 그리해도 작은 고통이 전해질 수는 있을 터.

혹여나 문제를 일으킬 수 있으니 고통을 덜 느끼도록 조치했다.

약의 기운을 명학의 기운에 맞출 수 있었던 것은 운현 또한 무당의 무공을 익혔기 덕분.

그게 아니었더라면 약의 기운에 관한 연구를 하는 데 오랜 시간이 걸렸을지도 몰랐다.

"됐다. 드디어."

됐다니. 참 감회 어린 말이 아닌가.

이 말 한마디를 내뱉기까지 너무 많은 시간이 흘러간 느낌이었다.

"어? 어어?"

그제야 옆에서 멍하니 반쯤은 졸고 있던 문환이 잠결에서 깨어난다.

"드디어 완성된 거야?"

"응."

"정말로?"

"그렇다니까. 정말로."

"그럼 깨우지 그랬어?"

"형은 더 피곤할 테니까."

"그래도……."

몇 번이고 되묻다니. 그도 기대를 하고 있었던 게 분명하다. 운현에게 형은 그에게도 형이니 당연한 것일지도.

하기야 이번 약을 만드는 데는 문환의 공도 컸다.

오랜만에 수술을 집도해야 하는 운현으로서는 최상의 상태를 유지할 필요가 있었다.

지금까지 해 왔던 것처럼 침식을 잊는다거나 하는 짓은 어불성설.

그렇다 보니 최상의 상태를 유지키 위해 문환에게 도움을 요청했다.

약을 만들고, 약을 졸이는 순간순간을 돕도록 한 것이다.

문환이 전문가는 아니다 보니 지금 잠시 자리를 비운 약선준자의 도움도 있었음은 당연했다.

결국 이 약은 셋의 노력이 모두 들어간 결과물이었다.

운현이 총괄을 했다.

그의 깨달음으로 말미암아 약초들이 모두 그의 기운을 얻었다.

그다음으로 약선준자가 자신의 자존심도 접고 보조하였다. 배합을 돕고, 의원 밑에서 실습하고 있는 아이들이나 할 일을 약선준자가 해줬다.

명학도 궂은일을 마다하지 않았다. 그런 덕분에 만들어진 약이다.

'정말 귀한 약이 된 거네.'

다시없을 귀한 약이다.

형의 상태를 보아서는 이 약 한 번으로 끝내야 할 일이기도 했다.

아무리 무림인의 몸이라지만 내상을 가지고서 이리 오래 있는 건 좋지 못했다.

병을 달고 사는 건데 좋을 리가 있겠는가.

그러니 어서 채비를 해야 했다.

자연스럽게 굳어 가며, 청아한 향을 내뿜고 있는 약을 미리 준비된 얇디얇은 금박에 싼 운현이 물었다.

"약선준자 어르신은 병실에 있지?"

"아무래도? 상태를 조율하고 계신다고 하셨으니까."

"그럼 먼저 가서 전해 주겠어? 준비해 주시라고."

"그래? 알겠어."

어르신을 먼저 모시는 건 예는 아니지만, 상황이 상황이다.

문환이 움직이는 사이 운현도 마지막 점검을 시작했다.

* * *

병실 안.

약선준자, 문환, 침주선의 모두가 긴장이 역력한 채로 운현을 기다리고 있었다.

복잡한 눈길을 보내고 있는 침주선의를 제하고, 약선준자가 대표로 물어왔다.

"왔느냐? 준비는 해냈고?"

"예. 최선을 다했습니다."

"최선이라…… 그래, 장담은 힘든 것이로구나?"

"해 보지 못했으니까요. 다만 확률은 높다고 생각합니다."

모든 수술에 십 할의 성공률을 가지고 하는 것은 없다.

지금에 이르러선 쉬운 수술이라는 맹장 수술마저도, 수술 도중 죽는 자가 나오곤 했다.

결국 사람일이란 건 모를 일이기에 확신을 할 수는 없는 거다.

'확신을 갖기 위해서 노력할 뿐이지.'

최선을 다했다. 확신을 가져간다. 그러니 이제는 움직여야 할 때.

"그래. 해 보자꾸나."

좌르륵하며 한춘석이 만들어 준 수술 도구들이 오랜만에 모습을 드러낸다.

혹시 모를 상황을 대비하여 있는 약선준자와 침주선의 도 나름의 준비를 했다.

이번 수술로 운현만의 방식에 대해서 무당이나 의선문이 알게 될지도 모르지만,

'그 정도야 넘어가야겠지.'

당장은 형이 중요하니 넘어가야 했다.

어차피 이런 수술도구들은 본다고 쓸 수 있는 그런 게 아니다. 숙련도에서도 따라오기 힘들 것이고.

"흠……."

수술도구를 봐도 그 용도를 짐작할 수 없었는지 침주선의가 침음성을 내뱉었다.

"그럼 나도 나가 볼게."

셋이 넘게 있을 필요는 없었다.

지금의 문환은 병실 바깥에서 다른 이들이 오지 못하도록 하는 게 나았다.

들어오려고 하는 자가 설령 자신의 스승이라 할지라도 막아줄 거다.

수술 도구. 약. 의원. 그리고 환경.

준비는 완벽했다. 할 수 있는 모든 것들을 했다.

"해 보죠."

시작했다.

＊　　　＊　　　＊

"……."

모두가 조용한 가운데 작게 입을 벌려 약을 흘려 넣는 운현이었다.

'예상대로다.'

신기하게도, 고체 상태였던 약이 액체로 변하기라도 한 듯 흘러 들어갔다.

기운이 강해서인지 아니면 다른 이유가 있어선지 전생과 다르게 이곳의 약들은 녹아 흘러들어가는 경우가 많았다.

아주 작은 양의 액체가 되어 넘어 가는 덕분에 기도가 막힌다거나 할 일은 없었다.

'여기서부터!'

약이 흘러들어 가 식도를 타고 넘어감과 동시에 약선준자와 함께 점혈을 시작하는 운현이었다.

미리 약속된 바가 있었기에 두 사람의 손놀림에는 한 치의 오차도 없었다.

"휴우."

일 단계가 지나가고, 바로 이 단계로 들어간다.

쯔으윽—

한춘석이 갈고 닦아 만들어 준, 가장 공을 들인 수술도구를 든 운현이 굳어버려 상처가 아물어 버린 팔을 쨌다.

피부가 갈라지는 모습에 침주선의가 움찔하는 것이 운현의 기감에 느껴진다.

'기감이 강화되니 더 강하게 느껴지네.'

억지로 방해를 하려고 한 것은 아니었다.

그래도 순간 집중이 깨질 법도 하지만 운현은 다시금 수술에 더욱 집중했다.

'최악이군.'

제대로 치료를 받지 못한 채로 아물어 버린 상처는 최악일 수밖에 없었다.

몸이 상처가 난 그대로 몸이 자연 치유를 해버려서, 그 상태로 굳은 것이다. 방치 아닌 방치의 문제다.

그걸 인위적으로 째고, 고치고 하는데 최악이 아닐 리가 없잖은가.

온몸에 신경을 살려, 자신이 쥔 수술도구에 기운을 싣는 운현이다.

즈으— 하는 아주 작은 소리를 내며 작디작은 수술도구에 기운이 맺힌다.

파괴력 강한 검기 같은 게 아니다. 그와는 전혀 달랐다.

이를 테면 생기, 그도 아니면 선천진기를 심었다고 해야 할까.

약초에 기운을 실을 줄 아는 운현만이 가능한 괴기한 짓이었다.

"허……."

미리 들은 바가 있었지만, 이 순간만큼은 이를 지켜보던 약선준자도 놀랄 수밖에 없었다.

오랜 세월을 산 약선준자지만 이런 괴사는 또 처음이었다.

'저건 선기 아닌가.'

침주선의는 무언가 알고 있는 게 있다는 듯, 더욱 인상을 굳혔다.

그는 이 기의 정체를 알고 있는 듯했다.

둘의 복잡한 내심과는 전혀 상관없이, 운현은 째던 것을 그대로 진행하며 굳어진 뼈들을 맞춰가기 시작했다.

잘못된 것들을 흠이 가지 않게 깨어내고, 옮기고, 원래대로 돌려놓는 일.

수술이라기보다는 수리에 더 가깝다는 소리를 듣기도 하는 외과 수술 아닌가.

그런 수술답게 꽤 과격해 보이는 단계들이 운현의 손놀림이 하는 지휘에 따라 진행되어 갔다.

'거의…… 거의다.'

시작이 있으면 끝도 있는 법이 아닌가.

형의 팔에 관계된 모든 것을 외과 수술로 제자리에 돌려놓은 그 순간.

이제는 약이 격발되어 남아 있을 내상, 소용돌이의 핵을 단번에 없애버려야 할 순간이다!

그런데!

"엇."

명학의 몸이 들썩거리기 시작했다. 그의 예상대로라면 이런 일이 없어야 하는 터.

"설마……."

운현은 강화된 기감으로 순식간에 상황을 파악했다.

'너무 강했나.'

형을 위한 약에 최선을 다했다. 그런 최선이 문제가 된 상황이었다.

약에 들어간 기운이 너무 강했다.

좋은 약초만 고르고, 고르고 고른 약초에 다시 하나씩 기운을 심은 게 탈이었던 듯하다.

자신의 생각 이상으로 약의 약효가 너무도 강한 듯했다.

바로 그때다.

"비켜 보거라!"

뒤에서 가만히 상황을 살피고 있던 약선준자가 나서 주었다.

"이런……."

그도 가까이 와서는 상황을 파악했는지, 잔뜩 인상을 찡그린다.

그리고는,

"도인을 해야겠구나. 허허. 이게 복인 것인지, 화인 것인지."

명학을 위해서 진기도인을 시작했다.

        *   *   *

수술 결과를 기다리는 환자 가족의 기분이 이러할까.

'젠장……'

막상 자신이 나설 수 없다는 것에 분노부터 느껴지는 운현이었다.

자신이 빨리 파악했더라면, 기운을 잘 맞추었다면 이런 일은 일어나지도 않았을 거다.

약선준자의 진기도인에 명학의 몸이 움찔거릴 때마다 잔뜩 긴장하는 운현이었다.

주변의 기운을 읽음으로써 분명 일이 잘 진행되고 있는 것을 알고 있음에도 어쩔 수 없는 긴장이었다.

주먹을 쥔 손에서 땀이 흐르는 게 느껴진다.

약해진 기운을 끌어 올리는 것도 아니고 강한 기운을 세밀하게 조종하는 것이었다.

약선준자의 경험이 녹아들은 건지,

"되었다."

진기도인의 과정은 의외로 오래 걸리지는 않았다.

하지만 진기도인이 쉬울 리는 없다. 그 짧은 과정에도 한 몇 년은 더 늙어 보이는 약선준자였다.

마치 운현처럼 침식이라도 잊었던 듯한 모습이다.

해냈다는 기쁨인지, 마무리밖에 나서지 못했다는 비(悲)인 건지 알 수 없었다.

복잡한 눈빛으로 운현과 명학을 번갈아 보던 약선준자다.

"이놈 운수는 대통했구나. 대통했어. 전생에 무얼 했을꼬."

"……감사합니다."

운현으로서는 이 말밖에는 달리 할 말이 없었다.

기운을 느낄 수 있는 운현이었기에, 지금의 상황을 누구보다 잘 아는 그다.

약선준자가 명학을 살렸다. 진기도인을 하다가,

'내공을 몇 년은 잃으셨군.'

명학의 기운을 다스리기 위한 희생으로 내공을 날렸다.

진기도인을 하기 이전이라면 몰랐을 거다. 하지만 진기도인을 보면서 직접 기가 움직이는 것을 느꼈다.

그러니 확실하다.

약선준자는 오 년 내지, 십 년의 내공을 소모했다. 명학을 위해서.

무인에게 내공이란 단순히 같은 소속이라 해서 흔쾌히 줄 수 있는 것이 아니다.

그러니 감사할 수밖에.

"지랄. 입으로 때우려고?"

운현이 감탄에 젖어 있으려니, 약선준자는 되려 열을 냈다.

처음의 그다운 모습이다.

부끄러운 건지, 그가 조금 얼굴을 붉히며 말한다.

"나중에 좋은 거나 하나 가져다 바치거라. 알지? 노년에 보신 좀 해보자."

"아. 매년 드리겠습니다. 매년."

"과장 마라. 됐다. 잃은 거나 채우면 되었지, 어딜 욕심을 내겠누. 정 남으면 네 형들이나 주거라."

"그건 그거고요. 약선준자님은 약선준자님 아닙니까?"

"녀석. 안 준다고는 안 하니 다행이긴 하구나!"

"하하핫."

긴장하고 마음 졸였던 때가 언제냐는 듯 웃어 보이는 운현이었다.

비록 마무리는 약선준자가 하였지만, 아무렴 어떻겠는가.

"확인이나 해 봐라. 눈만 힐끔힐끔거리지 말고."

"예!"

이미 기운이 읽혀지지만 내심 작은 불안은 있다. 그걸 배려해 준 거다.

운현은 앉아 진맥을 했다. 더 확실히 느끼기 위해서.

'좋다.'

읽혀지는 기운으로 보아 날뛰던 기운이 전부 가라앉은 듯하지 않은가.

소용돌이를 만들어 내던 괴이쩍은 악기(惡氣)도 사라진 게 확실했다.

거기다 내력은,

'되려 늘어났다.'

자신이 준 약의 기운과 더불어 약선준자의 진기도인 덕분인지 오히려 늘어났다.

오 년 정도의 내력.

약으로 치료하면서 소모된 내력을 생각해도 꽤 많은 내력이 쌓였지 않은가.

아무리 일류 무공이라 해도 일 년은 더 연공해야 얻을 수 있는 내력이 쌓인 셈이다.

몸져누워, 수련하지 못한 기간을 벌충하고도 남을 내력이다.

"어떻더냐?"

"됐습니다. 정말 됐어요!"

완치다.

　　　　　*　　　*　　　*

"으음……."

작은 신음이 고요를 뚫고 비어져 나온다. 작은 속삭임 정도지만, 누군가에게는 천둥과도 같았다.

'드디어!'

운현은 방해하지 않기 위해서 잔뜩 집중을 하고서는 앞만 바라보고 있을 뿐이었다.

자신의 형인 문환과 함께였다.

문환도 같은 마음인 듯 안에는 오로지 침묵만이 가득했다. 작은 신음만이 스쳐 지나갔을 뿐이다.

촌각이, 일각 아니 한 시진 같은 순간이 스쳐 지나간다.

눈꺼풀이 잘게 흔들릴 때마다, 몸을 들썩거리는 형제였다.

"으……."

드디어 눈이 뜨여졌다. 아주 작게.

그리고는 이내 금방 그 작던 눈이 크게 뜨여진다.

자신의 몸에 느껴지던 내상의 기운이 사라짐에 놀란 거다.

몸 전체에 폭풍이라도 치듯 들끓던 내상의 기운이 언제 그랬냐는 듯 싹 사라졌다.

되려 한바탕 수련을 마친 듯, 수련 후의 시원함이 느껴질 정도였다.

'나았다?'

불구나 되면 다행이라고 여겼던 자신인데, 이럴 수가 있는가?

놀라던 그가 그제서야 자신의 동공에 담겨 있던 두 명을 찾아냈다.

문환과 운현. 자신의 형제들. 그 무엇보다 소중한 이들이었다.

문환에게는 미안하지만, 명학은 운현을 먼저 직시했다.

"……해낸 것이더냐?"

"해낸다고 하지 않았습니까."

"하……."

천재라고 불리던 동생이기는 하지만 정말로 해낼 줄이야.

마지막에 자신과 하던 대화는 절망 속에 작은 희망이나 주기 위한 겉치레가 아니었던 것인가.

"정말. 정말 해냈구나."

믿어지지가 않는다. 이 몸이 나았다는 것이. 확인을 위해 몸을 움직이려 하자.

"어엇. 아직 팔은 안 됩니다!"

팔에 불편함이 느껴진다. 무언가에 갇힌 듯 답답함이 느껴졌다.

"어?"

"고정을 해 놓기는 했지만 아직 조심해야 합니다, 형님. 몇 달은 더 요양해야 할 거라고요."

낯설면서도 익숙한 게 자신의 팔을 감싸고 있었다.

"네가 말하는 수술이란 걸 했구나?"

"예. 다행히 잘됐습니다."

"그래."

정말 다행이었다. 정말로.

정말 다 나았다는 생각이 들자, 모든 걸 다 잃었다는 절망이 그제서야 싸그리 사라지는 느낌이었다.

"고맙다. 정말로 고마워. 둘 다. 고맙구나."

눈시울이 붉어진다.

*　　*　　*

무당에 작은 기쁨이 일었다.

해후를 나눈 문환은 바로 자신의 스승이 있을 자소전을 향해서 달려갔다.

"스승님!"

"되었느냐?"

역시. 치료가 성공했다는 소식을 이미 먼저 들은 운인 도장이었다.

자신의 제자에 대한 소식이니 듣지 않은 게 더 이상했다.

여기에 문환은 더 기쁜 소식을 전했다.

"예! 일어났습니다! 일어났어요!"

"허헛. 어서 가 봐야겠구나."

"아무렴요. 하핫. 제가 모시겠습니다!"

그의 스승 운인 도장이 기뻐함은 당연했다. 그의 스승이자, 자애로운 이였으니.

운인이 오랜만에 약소전을 나섰다.

"무량수불."

그 뒤에서 두 스승과 제자를 바라보던 이가 있으니, 흐뭇한 미소를 띠고 있는 운선이었다.

소식은 계속해서 흘러들어 갔다.

무당이라는 내부에 모두 모여 있으니 더 빠르게 흘렀을지도 몰랐다.

"약소전 소식 들었나?"

"들었지. 긴가민가했는데, 신의는 신의인가 보군."

"좋은 일이지."

무당에서 열을 올려 양성하려 하는 후기지수 수준은 아니지만, 명학은 정식제자다.

게다가 인망도 뛰어났다.

침묵하되, 예를 지킬 줄 아는 그이기에 당연했다.

노력의 천재라 불릴 만큼 노력하여 속가가 정식이 된 경우인 그이기에 속가제자 사이에서는 유명인 중의 유명인이다.

그러니 무당 전체의 기쁨은 못 되더라도, 그의 스승과 속제자 형제들의 기쁨은 충분히 됐다.

하지만 마냥 기뻐하고 있을 수만은 없는 사람도 있었다.

'진정 선기를 쓸 줄이야. 아직 매끄럽지는 않지만 운용도 가능할 정도이지 않은가.'

의선문에서 온 침주선의다.

처음 운현을 볼 때만 하더라도 운현을 그리 높이 평가하지 않은 그다.

운이 좋아 토사곽란을 몰아낼 수 있었고, 덕분에 신의라는 별호를 얻은 애송이로 보았다.

그러니 밑으로 내리깔아 보았고, 폭언을 하였으며, 병실에서 쫓아내는 일도 거리낄 게 없었다.

그런데 그런 호기신의가 정말 치료를 해낼 줄이야.

자신도 하지 못한 일을?

정말 신의는 못 돼도 명의 정도는 된다 자부했던 자신도 안 됐던 일이다.

자괴감을 얻을 이유는 없었다.

당장 의선문 문주가 와도 될까 말까 한 치료였다.

내외상이 복합적으로 작용한다는 건 그만큼 어려운 치료 과정이 필요했다.

후유증 없이 해내는 건 거의 불가능에 가까운 일이기도 했다.

그런데 그 치료를 단번에 해냈다.

"후우…… 정말로 해낸 거로군."

약소전 바깥으로 떠들썩하니 들리는 목소리로 보아, 현실을 인정할 수밖에 없었다.

호기신의가 해냈다고.

어찌해야 하는가라는 생각 따위는 없었다. 이 나이쯤 되면 자신이 뭘 해야 할지는 알 나이였다.

'보고를 하기는 해야겠지.'

자신의 곁에 있는 작은 종이에 빼곡하니 내용을 필사하는 침주선의였다.

그리곤 무당에 양해를 구하여 미리 준비한 전서구를 날린다.

자신의 모든 것이라 할 수 있는 의선문을 향해서.

第九章
또 은혜를……

치료는 순조로웠다.

이제는 치료라기보다 요양 수준이었으니 순조롭지 않은 게 더 이상했다.

"금방이겠는데?"

"다행이군."

무당 내공 심법의 순후함에 내공도 더해진 덕에 속도는 더욱 빨라졌다.

운현으로서도 만족스러울 정도다.

"다행은 아니지. 몇 달은 요양해야 할 정도라고."

"그래."

"한 달만 더 지나면 작게 움직일 정도는 될 거야. 무리하지만 않으면."

"수련은······."

"안 돼."

큰 형의 수련에 대한 집착만 빼면이라는 조건이 붙기는 하지만 어쨌든 상황은 좋았다.

붕대를 갈아주면서, 마지막 진맥에 집중하는 운현을 보며 명학이 묻는다.

"생각은 해 봤니?"

"뭘?"

"알잖아."

역시 때로는 아버지보다도 더 엄한 큰형답다. 큰형은 답을 원하고 있었다.

자신이 원하는 답을.

"너도 의원이며 무인이니, 홀로 해결하려 하는 건 이해는 한다. 그래도 그건 너무 위험해."

"알기는 하지."

"그런데도 계속 고집부릴 거냐?"

"책임은 져야지."

형이 당한 이유. 운현 자신 때문이다.

운현을 유인키 위해서 무당 정식 제자인 명학을 상대로 일을 벌였다.

무당 제자가 불구가 될 뻔한 큰 사건이었다.

치료가 잘되었으니 망정이지, 진정 명학이 불구가 되었더라면 무당도 더 크게 눈을 밝히고 다녔을 거다.

흉수를 찾아 벌하기 위해서.

지금도 물론 움직이고 있기는 하지만, 정도가 더했을 거라는 말이다.

그런데도 동생은 고집을 부리고 있었다.

"누구도 너에게 책임을 지라고 말하진 않을 거다. 무당이라면."

"분명 그러겠지."

무당은 운현을 도와줄 거다. 도움을 요청하든 하지 않든 도와주려 할 거다.

하지만 그래서는 안 됐다.

언제까지고 숨을 자신이 있다는 듯 무당을 건드리는 자들이다.

아니, 호북성의 정파를 상대로 일을 벌인 자들이다.

지금까지 호북을 어지럽히던 자들과 운현을 노리는 집단은 같은 곳일 게 분명했다.

그래서 안 됐다.

"무당이 나서서야 오히려 더 숨어들걸?"

"그건······."

"어떤 방식인지는 몰라도, 그들이 숨는 건 대단하다고. 그러니 무당이 대대적으로 나서선 좋지 못해."

아예 안 나설 수는 없을 거다. 하지만 너무 크게 나서서도 안 됐다.

목을 움츠린 거북이처럼 또 숨을지도 몰랐다.

'저쪽도 본격적인 거 같긴 하지만, 그래도 확실히 해야지.'

더 흔들릴 수도 없다. 호북이 더 망가져서야 아픈 자들을 적게 하겠다는 자신의 꿈에서 멀어지기만 할 뿐.

그러니 이번 기회에 확실히 잡아야 했다. 그러기 위해서는.

"그러니 내가 나서야 해. 그들이나 나나 엮인 게 많으니까. 유인하기에는 내가 가장 확실하지."

"그거야 그렇다만······."

"더 끌 수도 없잖아? 그리고 나도 내 나름대로 준비하고 있으니까. 이 이야기는 그만하자고."

"고집하고는."

"하핫. 형 동생이니까. 형도 고집은 만만치 않다고?"

"녀석······."

자신이 이곳에서 이러고 있는 동안에도 열심히 움직이고 있는 자들이 있다.

개방, 하오문도 아니다.

암중에 숨어 있는 그들이 개방이나 하오문에 걸릴 거라면 진즉에 걸렸다. 토벌을 하고도 남았을 거다.

'최악의 경우 개방이나 하오문에도 첩자가 있다는 거겠지.'

그러니 그 둘을 이용해서는 더 찾아내기 힘들다.

약간의 도움을 받기는 하겠지만, 이번에는 다른 이들이 나서 주고 있었다.

호북에서 오직 운현 그만이 도움을 얻을 수 있는 자들이 분주히.

그리고 그동안 운현이 할 일은 무당에 머무르는 것뿐이었다.

자신은 무당에 웅크리고 있으니, 어디 준비를 하려면 더해 보라는 듯.

더욱 많이, 더욱 오래 준비를 할수록 그들을 쉽게 잡아 낼 수 있을 테니까.

단지 그뿐이다.

'종점을 찍어 줘야지.'

그래야 자신이 꿈꾸는 호북에 더 다가설 수 있게 될 거다.

*　　*　　*

맡고 있는 환자라고는 명학 하나뿐.

그러니 남는 시간은 많았다. 그 남는 시간을 다른 이들이
할애하게 됐다.

"허허. 왔는가?"

운인 도장.

인자한 표정만큼이나 인정이 넘치는 형제들의 스승이다.

그만의 배려인지, 명학이 잠들 깊은 새벽에서야 이따금씩
아픈 제자를 보고 가는 그다.

아무리 아픈 명학이라고 할지라도 스승이 다녀가는 걸 모
를 리가 없다.

그럼에도 새벽에 몰래 찾아가는 게 아픈 제자에 대한 배려
라 생각하는 우직함이 또 매력인 스승이었다.

그때 운인 도장의 제안을 받아들여 자신의 스승이 되었더
라도 그는 분명 좋은 스승이 되어 주었을 것이다.

"예. 형은 금방 낫고 있습니다. 역시 무인이어서 그런지 회
복이 꽤 빠릅니다."

"허허. 그런가."

먼저 물어 보지를 않으니, 미리 말을 해 줬을 뿐이다.

운인 도장이 도복의 흐트러진 부분을 정제하며 말한다.

"바로 시작하지. 갈 곳도 많지 않은가?"

"예! 가겠습니다!"

운현의 몸이 운인 도장을 향해서 쏘아져 나간다.

날카로운 바람 소리를 내며 마주하는 둘의 주먹이 경쾌하기만 했다.

"아직 부족하네!"

"흐읍. 예."

둘 모두 검을 사용할 줄을 알지만, 검이 아닌 박투로 이어지는 대련이다.

운현에게 현재로서 필요한 것은 기운의 세밀한 조종.

깨달음을 얻어 내력이 급작스레 늘어난 것은 아니었으나, 되려 세밀함이 부족해졌다.

극도로 세밀하게 기운을 느낄 수 있는 주제에, 기의 운용은 그 수준을 따라가지 못하는 상태다.

그것을 보충하고 있는 거다. 대련으로.

실전만큼은 못 되지만 가장 단기간에 효과를 낼 수 있는 게 바로 이 대련이었다.

"좀 더 낮게! 부드럽게!"

"다시 가겠습니다."

"오게."

특히 강맹함보다는 조화를 중시하는 무당파이기에 운인 도장과의 대련은 더 효과가 있었다.

"힘만이 다가 아니니! 다시!"

수련을 할 때만큼은 강직한 운인 도장의 목소리가 낮이 되어 가도록 가득 채워져 가고 있었다.

* * *

"휘유……."

시원한 피곤함이 운현의 몸을 감싼다.

선천생공이야 인연이 닿아 운인 도장이 건네어 줬다지만 더 무공을 달라 말하는 건 과욕이다.

태산 같은 모습을 보여 온 무당이라지만 결국 무공에는 한계가 있을 수밖에 없다.

해서 무공을 대신하여 대련으로 운현을 도와주고 있는 운인 도장이지 않은가.

'결국은 은혜를 받게 되었군. 빚이 생긴 셈이기도 하고.'

운인 도장의 가르침은 순수히 제자를 치료해 준 자신에 대한 보답이다.

그러니 은혜다.

하지만 동시에 갚아야 할 빚이기도 했다.

세상사라는 게 쉽게만 돌아가는 게 아닌지라, 운현 정도의 위치에 있게 되면 빚이게 된다.

자리가 올라갈수록 더더욱 빚이 될 수밖에 없다.

'좋기는 하군.'

그래도 마냥 좋은 운현이었다.

강직하면서도, 인자함을 동시에 가진 운인 도장이기에 그런 기분이 드는 걸지도 몰랐다.

오래전에 돌아가셨지만, 자신이 장성하고도 스승이 있다면 이런 기분일까 하는 생각이 들 만큼.

비록 무당의 무인이 되지는 못했지만, 이런 식으로 인연을 이어가는 것조차도 좋았다.

가족 같은 정은 충분히 느끼고 쌓아가고 있더라도, 사제(師弟) 간의 정은 오래 느끼지 못해 더욱 그러할지도 몰랐다.

'잘 계시겠죠?'

괜스레 오늘따라 스승이던 왕 의원이 생각나는구나 하며, 하늘을 바라보고 있으려니.

"젊은 놈이 웬 초저녁부터 청승이더냐. 어서 와라. 늦었다!"

낮 시간을 뒤로하면 자신을 맞이하고는 하는 약선준자의 목소리가 들려온다.

"날이 선선한데 나와 계셨습니까? 고뿔이라도 걸리면 어쩝니까."

"커흠…… 나이는 먹었어도, 아직 창창하다. 들어가기나 하자."

무당파가 산 속에 있다 보니 낮만 돼도 쌀쌀해지는 건 어쩔 수 없었다.

그런데도 나와 있다니, 성격이 급한 건지 인자한 건지 모를 약선준자다.

그가 내어주었던 전각에 들어가니, 역시 약초 향의 알싸함이 둘을 반겨 준다.

누군가에게는 매운 향일 수 있지만 역시 운현에게는,

"좋네요."

"네놈도 의원은 의원이구나. 클."

좋은 향이었다.

약선준자도 그러했다. 역시 둘은 무인이기 전에 천상 의원일 수밖에 없었다.

"오늘은 또 어떤 짓을 해 볼 것이더냐?"

"뭐 별거 있겠습니까. 같은 걸 만들어 보고, 또 그걸 봐주셔야죠."

"지루한 놈."

말은 그리하면서도 냉큼 자리를 잡는 약선준자였다.

운현도 생긋 미소를 지으며 그 옆에 가 자리를 잡았다.

"붙지 마라. 정 들라."

"하핫. 정도 드십니까?"

"어른을 놀리기는. 시작이나 하자꾸나."

둘이 만드는 건 약이다. 대단한 수준의 약을 만드는 건 아니다.

비전마다 비법이 묘하게 다르긴 하지만 제조 방법의 대부분이 널리 알려졌다고 할 수 있는 금창약이다.

그런데 이 금창약이란 게 참 묘한 약이다.

미묘한 차이로 만드는 이마다 약효가 다 달랐다.

같은 재료를 써도 약간의 배합 차이로 크게 약효가 달라지기도 하는 게 금창약이었다.

그러니 약 제조를 하는 자에게는 수련용으로도 좋았다.

무당파에서도 그런 금창약을 약소전에 있는 의원들의 수련용으로 쓰곤 했다. 의명 의방도 마찬가지였고.

그런 금창약을 만들고 있었다.

"오늘은 또 너무 강하게 하지 말거라. 강한 게 나오면 좋기야 하다만."

"노력해 봐야지요."

"매일 그놈의 노력. 노력."

"하하핫."

"실없게 웃지나 마라. 어서 해보자꾸나."

오순도순 말을 나누면서 참 빠르게도 약초 손질을 마무리하는 약선준자였다.

그 약초를 가지고 운현이 기운을 불어 넣어 본다.

'약하게. 약하게.'

너무 강하지는 않게 되기를 바라며 기운을 조절하여 불어 넣는다.

누군가 보기에는 웃기는 상황이다.

자신이 만든 약의 약효가 안 좋기를 바라는 게 안 웃길 수가 없었다.

하지만 운현으로서는 진지했다.

약이란 게 참 묘한 놈이니 어쩔 수 없었다.

독을 약하게 쓰면 약이 되기도 하고, 약을 강하게 쓰면 독이 되기도 하듯이 어찌 사용하느냐에 따라 변하는 게 약이다.

그런 약을 조절하지 못하면 독이 되어버릴 수도 있었다.

'내가 만드는 약을 조절하지 못해서야, 쓸모가 없는 능력이니.'

그러니 그로서는 진지하지 않을 수가 없었다.

"으음……."

그의 진지함 속에 약이 빚어져 가고 있었다.

*   *   *

만든 뒤에는 역시 실험이다.

바로 약효를 알 수 있기에 실험을 하러 나올 수 있는 금창약을 선택한 것이기도 했다.

"흠…… 좋구나. 언제 봐도 향은 좋아."

기운을 실어 잘도 만들어 낸 금창약의 향이 코끝을 가득 채운다.

눈같이 새하얀 빛에 가까우면서, 향도 좋은 것이 척 봐도 상등품이다.

하기야 이 짓을 시작하고 최상급이 아닌 게 어디 있었던가.

그가 목표로 하는 건 최상급이 아니라, 보통의 금창약보다 약간 나은 금창약이다.

"약효를 또 봐야겠죠. 휴. 가 볼까요?"

"그러자꾸나."

그걸 직접 보러 가야 했다. 익숙한 걸음걸이로 둘만의 전각을 나선다.

약선준자를 볼 때만 해도 초저녁 즈음이었던 날이 어느덧 늦밤을 향해 달려가고 있었다.

휘영청 뜬 달이 어둠을 밝혀주고 있어 분위기가 묘했다.

"고즈넉하군요."

"허허. 나이도 어린 게 청승을 부리더니, 분위기를 제법 탈줄도 아는구나?"

"그렇습니까. 무당파에 있다 보니 없던 감상도 생기는 듯합니다."

운현이 주로 머무는 곳은 약소전과 자소전 정도다.

하지만 무당의 규모 때문인지 그 사이만 해도 꽤 넓은 편이지 않던가.

크고 넓기만 하면 휑한 느낌이 들었을 텐데 그 안을 무당 문인들과 도관을 찾은 많은 향화객들이 채우곤 했다. 게다가 곳곳에 보이는 명관까지.

어느 하나 부족함이 없는 모습에 없던 여유와 풍류가 생기는 걸지도 몰랐다.

"어쩐 일로 무당에 금칠을 하누?"

"느끼는 바가 그렇다 이것이지요."

"그렇더냐."

진심을 느껴서인지 약선준자도 별말은 없었다.

다만 약선준자는 무당의 풍경, 여유에 관해 이야기하기보다는 다른 것을 택한 듯했다.

"그나저나 계속 거절을 하고 있다지?"

"입장의 차이라는 것 아니겠습니까."

"망할 놈의 입장 차이. 명학 놈의 일은 무당도 피해자가 아니더냐?"

무당 제자인 형이 당했으니, 무당도 피해자가 맞다.

그러니 흉수를 찾아내는 일에 무당과 함께 움직이면 될 텐데, 운현은 한사코 그것을 거절하고 있었다.

"인정합니다. 해서 무당은 무당대로 움직이고 있는 것 아니겠습니까? 저는 저대로 움직이는 것이겠고요."

"말은 청산유수로구나. 그러니 함께 합세를 하면 낫다 이 말이지!"

약선준자로서도 운현과 인연이 닿아서인지 괜스레 신경을 쓰는 듯했다.

하지만 여기서 더 신세를 질 것도 없다.

이미 기의 수발에 관하여 여러모로 신세지고 있잖은가.

스승이 없이 홀로 길을 개척해 가는 운현에게는 그것만으로도 컸다.

"제가 보기엔 그래서는 안 될 것 같아서 말입니다."

"허허. 고집하고는. 네 형제들 고집이야 무당에서도 알아준 다만은. 그래도 잘은 생각해 보거라."

생각은 해 보라면서도 아쉬움이 남는 건지 약선준자가 더 말을 꺼내려는 찰나.

"새겨듣지요. 그나저나 이미 다 도착한 듯합니다."

목적지에 도착했다는 말로 길어지려던 대화를 끊는 운현이 었다.

"지 수족 하나 제대로 못 다루는 것들이 수두룩하구나."

자신의 뜻대로 일이 이뤄지지 않아 괜한 투정을 부리는 걸 까.

약선준자의 말에 가시가 들어가 있었다.

"많기는 하군요."

안 그래도 오늘따라 그 수가 많기는 했다.

끙끙대며 앓고 있는 수만 하더라도 열은 넘어 보였다. 그것도 타박상만으로만 열이 넘어 뵌다.

모두 무당의 무인이다.

"제 몸도 못 가눠서 언제 무인 될꼬."

"다 그러면서 성장하는 거 아니겠습니까."

"말은! 하여간에 한 마디를 안 지는구나."

연배가 섞여 있는 것으로 보아 속가 제자와 정식 제자 상관 없이 모여 있는 듯했다.

무당파도 어엿한 무림 문파다 보니 으레 나오는 환자들이다.

천도 훨씬 넘는 제자들이 몸을 단련하는데, 매일 부상자가 나오지 않으면 그게 용했다.

"하핫. 살펴보기부터 하지요."

"알았다. 너 이놈. 너부터 보자꾸나."

괜한 독설을 날리며 속병이 들었는지, 작게 내상이라도 입었는지 확인부터 하는 둘이었다.

"너는 일단 저쪽 가 있어라."

"음…… 우선은 이곳에 계시죠. 간단하게만은 안 되겠습니다."

기운을 읽어대는 운현이나, 경험의 축적이 다른 약선준자나 어디 보통 의원이던가.

둘 모두 한 명씩 짧게 진료만을 하고 있었지만 그걸로도 충분했다.

열댓 명의 상태를 보는 시간이 그리 오래 걸릴 이유는 없었다.

간단하게 내상에 걸린 자와 외상만 걸린 자를 간추리고서는 바로 진료를 시작했다.

'어디 오늘은 어쩌려나.'

운현이 미리 가져 온 금창약을 꺼내어 들었다.

그제서야 다른 무인들의 시선도 모두 운현이 꺼내든 금창약에 머무른다.

모두,

'저게 소문(?)의 그거란 말이지.'

라는 표정이다.

운현이 이곳에 있으면서 기운에 관한 실험을 시작한 지 일주 정도.

그 짧은 시간에도 무당 내에서는 소문이 돈 건지 다들 기대 어린 표정이다.

이게 다 운현이 기운을 조절하지 못해 약효가 너무 좋은 탓이다.

무인들이 있어서일까, 본디 금창약은 그 자체로도 약효가 기형적으로 강한 편이었다.

워낙 많이 부상을 당하니 금창약에 대한 연구가 활발했고, 그마다 비법을 가져서 강한 약효를 가진 것이다.

하기야 현생에서는 대부분의 약이 그랬다.

기가 있어선지, 달리 뭐가 있어선지 몰라도 약효란 게 셌다. 제대로만 만들면 부작용도 거의 없을 정도다.

그래서 영약도 있고, 금창약도 있고 하는 거다.

그런 상황에서 직접 기를 실을 수 있는 운현이 만든 것은 오죽할까. 눈이 돌아가는 것도 이해는 갔다.

"자, 오시지요."

"저부터인 겁니까?"

금창약의 첫 시연(?) 대상자라는 것에 만족감이 어린 것일까.

왠지 어깨를 으쓱거리며, 다친 팔을 가져다 대는 무당 무인이었다.

상처로 보아 검에 베인 상처다. 어디 대련이나 하다가 다쳤을 상처.

스윽─하고 금창약을 바르니,

"오……."

일반적인 금창약보다도 더 빠른 효과를 보이는 게 무인으로서도 느껴질 정도다. 기를 가지고 있는 그들이니 더 예민하게 느껴질지도 몰랐다.

'역시 너무 빠른 거 같은데……'

염증에서 상피화가 되고 다시 증식에 재구성.

상처 회복의 기전이란 게 보통 이런 식의 사 단계로 나뉘어 있었다.

길게 들어가자면 한없이 길게 들어가지만, 짧게는 이 정도다.

그런데 그가 만든 금창약은 염증을 촉진시키면서 동시에 가라앉히는 속도가 너무 빨랐다.

염증의 촉진 자체가 상처 내 이물질이나 괴사 조직을 제거하는 단계로 상처 회복에 필수 단계라는 걸 생각하면 분명 나쁜 건 아니었다.

가라앉히는 것도 마찬가지다. 다 너무 빨랐다.

'부작용이 없기는 한데……'

자신이 지금껏 만들어 왔던 비법에 기만을 더했으니 부작용이 있지는 않은 터.

문제는 여전히,

"굉장합니다! 역시 소문으로 듣던 대로군요!"

너무 강한 약효랄까.

이놈의 약효를 제대로 조절을 할 줄을 알아야 하는데.

'너무 강하단 말이지.'

자신의 생각 이상으로 상승 작용이 일어나는 건지, 약효가 강하기만 했다.

또 형과 같은 일이 일어나서는 안 되지 않겠는가.

이래서야 영약이나 금창약 같은 걸로는 쓰기 좋아도, 내상을 회복하는 데 쓰다가는 문제를 또 일으킬 수도 있다.

때로 과함은 부족함보다도 못하는 법이니까.

'다음에는 좀 더 약하게 해야겠군.'

그러니 어쩌겠는가. 계속해서 실험을 하고 조절을 해 나갈 수밖에.

"다음 환자 오시지요."

운현이 그렇게 실험과 적응, 수련에 매달려 있는 동안에도 때는 찾아오고 있었다.

第十章
서로 다른 방향

때가 왔다.

언제까지고 무당에서 계속 머무르고 있을 생각은 없던 운현이다. 다만 기다렸을 뿐이다. 지금을.

"많은 신세를 졌습니다."

"언제 한번 놀러나 오거라."

"조심해라. 강한 무사였으니까."

다 나아가는 명학이나 약선준자 모두 운현이 떠나감을 안타까워했다.

운현도 정이 있어 안타까운 마음이 드는 것은 어쩔 수 없었으나, 발걸음은 가벼웠다.

무당에서 머무르는 동안 소득이 전혀 없진 않았으니 더욱 가벼웠을지도 몰랐다.

아직 약재를 완벽하게 통제하는 수준은 못 되어도, 얼추 감은 잡아가고 있었다.

기의 운용이 더욱 세심해져 이제는 전에 비해 몇 배는 더 강해졌다 해도 무방할 정도였다.

절정에서 초절정 사이.

완전한 초절정은 되지 못했다 하더라도,

'초입 정도는 어찌 됐을지도.'

라고 생각을 할 수 있을 정도랄까.

물론 확실한 건 아니다.

어디까지나 이번에 얻은 깨달음은 의와 무의 조화라면 조화였다.

비록 그것이 오행이고 조화이고 하는 것이 아니라 '기운'이라는 것을 일컫는 깨달음이라 할지라도 깨달음은 깨달음이었다.

애시당초 의(醫)와 무(武)라는 양자의 길을 함께 가니 일반적인 경지로 선을 긋기에는 너무 멀리 왔는지도 몰랐다.

어쩌면 외도를 걷는 것일지도 모를 정도다.

가벼운 걸음으로 무당산의 아래로 향하는 운현과 잠시 동행하기로 한 자들이 있으니,

그들 모두가 무당의 유망주인 자들이며, 후에 듣기로 가장 거목이 될 수도 있는 운선 도장도 함께였다.

"가지요."

그들은 따로 나눌 심각한 이야기가 있었는지, 동행이되 오직 침묵만 하고 있을 뿐이었다.

약소전을 벗어나 괘검수(掛劍樹)가 눈에 들어온다. 해검지(解劍池)에서 검을 풀어 놓아 매달아 놓는 나무다.

운현이 무당을 찾으며 맡겨 놓았던 검도 이곳의 풍경 하나를 수놓고 있었다.

"여기 있습니다."

해검지를 지키고 있던 무인이 운현의 검을 곱게 들어서는 다가왔다.

"손을 봐 주셨군요. 감사합니다."

몇 달을 방치해 두다시피 한 검인데도 손에 착하고 감겨 오는 느낌이 있었다.

보이는 행색만 하더라도 전보다 더 깔끔해진 느낌이었다.

해검지에 있는 검이라도 정성 들여 관리를 해 준 것이 분명했다.

"알아봐 주시는군요. 당연한 일입니다. 바로 가신다고 들었습니다."

무당에서도 해검지는 중한 곳이어선지 운선 도장이 있음

에도 어느샌가부터 해검지를 맡은 이가 일행을 이끌고 있었다.

"예. 여러모로 신세를 졌습니다."

"그럼 살펴 가시기를……."

그렇게 얼마 안 가, 해검지를 벗어나고 어느덧 둘레로만 팔백 리는 된다는 무당산의 끝자락이다.

그때까지도 오직 침묵한 채 별달리 말이 없던 운선 도장이 나서 묻는다.

"정녕 따로 움직이실 생각이십니까? 무당은 신의께 언제나 열려 있습니다."

"방향이 다르다 생각해주시지요. 다른 방식이니까요."

"다른 방식이라…… 무량수불."

매일같이 인연만을 말하던 운선 도장도 어쩔 수 없는 도인인 것인가. 조용히 도호를 읊조릴 뿐이었다.

약선준자, 명학, 문환, 운인, 운선. 그 모두가 운현을 위해서 이야기한 것이지만 어쩔 수 없다.

"그럼 언제고 만나길 기대하겠습니다."

"앞날이 복이 가득하시기를."

그렇게 운현은 마지막으로 읍을 하고서는 무당의 일행과 무당의 끝자락에서부터 바로 헤어졌다.

"자, 가볼까."

이제는 당한 걸 갚아줘야 할 때다.

*　　　*　　　*

"왠지 홀가분하군."

아버지가 손수 챙겨주었던 검, 혹시나 상황이 좋아지지 않을 때를 대비한 약 꾸러미. 식량이 될 백곡단까지.

지난 시간 그가 준비한 것들은 그의 몸과 봇짐에 빼곡하니 채워 넣어져 있었다.

그러나 무당에서의 일이 끝났다며 홀가분함을 느낄 새는 길지 못했다.

그가 점검을 하는 척 시간을 끌고 있으려니, 얕은 시선이 느껴진다.

'뭐 예상대로긴 하군.'

무당과 도인들과 헤어지자마자 기다렸다는 듯 느껴지던 시선이다.

기운에 관한 깨달음을 얻기 이전이라면 모를까. 지금에 이르러선 그 시선을 쉬이 느낄 수 있었다.

아주 멀리서부터 지켜보는 시선이다. 방향은 알지만, 정확한 위치는 그도 몰랐다.

특히나 사람이 많은 이런 곳에서 정확히 잡아내는 건 무리다.

'숨는 거 하나는 용하단 말이지. 이제부터 시작인가.'

처음에는 아무것도 모르는 척, 운현은 남쪽을 향해서 움직이기 시작했다.

그의 일차적인 목적지는 방현(房縣)현. 그곳에 있는 산줄기.

무당산 어귀와 가까운 곳에 있어선지 산줄기가 많은 그곳은 무당만은 못해도 산이 많았다.

약초가 많아 약시장이 있는 그곳에서부터가 그에게는 첫 시작지였다.

'그 전에 시작할지도 모르지만.'

그가 빠르게 몸을 날렸다.

                    *   *   *

추격전을 해 봤는가?

'이번이 몇 번째인지.'

자신이 추격을 하기도, 당하기도 했던 운현이다. 이 호북성 내에서만 여러 번을 경험했다.

쫓고 쫓기는 추격전이라는 건 하는 이도 당하는 이도 피로한 과정이다.

하지만 적어도 준비한 자에게는 그 피로감이 덜할 수밖에 없다. 준비의 힘이다.

낯선 기운들을 느끼면서 운현이 동시에 몸을 날린다.

'서쪽.'

그는 이곳이 이미 익숙하다는 듯 방향을 잡음에 망설임도 멈춤도 없었다.

이미 방현현 산줄기의 모든 지형을 머리에 담아 놓은 운현이다.

무당파에 방문하고 호북을 돌아다니며 얻은 경험도 경험이지만, 다른 이들의 경험도 더해졌다.

이곳에 사는 자들. 이 산줄기를 터전으로 하는 자들. 약초꾼들의 지식이다.

그들은 산줄기 하나하나를 알았다.

그곳 산에서 자생하는 약초 뿌리 모두를 알았으며 그 어디에 쉴 곳이 있는지도, 어디에 위험한 곳이 있는지도 모두 알았다.

육체적으로 뛰어나다는 무인보다도. 학식으로 이름 높은 학자들보다도 더!

무공도 없이, 지식도 없이 오직 그때그때 직접 맞부딪쳐가며 얻은 지혜와 경험들이었다.

적어도 산에 관해서는 그들을 따를 자가 몇 없다.

같은 산에서 생업을 하는 자가 아니고서야 무리다. 절대로.

운현은 그 지식들을 얻었다.

그의 머리에도 박아 넣고, 그의 봇짐에 든 지도에도 담겨 있었다.

그가 무당에 있으면서 준비했던 역작들 중 하나기도 했다.

'도움이 컸어.'

약초꾼들. 자신이 살던 등산현에 있는, 인연이 닿은 함녕현의 약초꾼들의 도움이 컸다.

어지간해서는 전해지지 않을 정보지만 운현이 구한다는 것에 두 발 벗고 나서줬다.

자신과 인연이 얕지는 않다며, 가타부타 말도 묻지 않고 건네어준 정보다.

다른 무인이었더라면, 차라리 하오문이 이리 시도를 했다면 이리도 단기간에 되지는 않았을 거다.

약초꾼들이 자발적이지 않았을 테니까.

또한 자신들만의 것들을 모두 내어주지는 않았을 테니 당연한 이야기다.

호기신의로 이름이 높은 운현, 그가 그동안 한 선행이 싹을 틔워 뿌리를 박은 덕에 가능한 일이었다.

문제는 무당이 자신이 이곳에 있는 것을 알고 나섰을 경우다.

이곳은 무당과 가까운 현이었으니까.

자신의 행적을 파악하기 위해 그들이 나선다면 자신이 지금껏 벌인 일은 말짱 도루묵이 될 수도 있었다.

그런 걱정은 잠시 접은 채로 운현은 몸을 놀리면서도 느껴지는 기운을 느끼는 데 집중했다.

'둘 정도 더 늘어난 건가.'

따라붙은 자들이 둘이 더 생겼다.

은신술 못지않게 상위의 경공술을 익힌 건지 꽤 빠른 몸놀림으로 운현을 따라붙고 있었다.

실상은,

'조절한 덕분이지.'

운현이 상황 봐가면서 움직이는 덕분이란 것을 아는지 모르는지 그들은 계속해서 따라붙을 뿐이었다.

사람을 끌어들이는 술래잡기가 날을 이어가며 계속되고 있었다.

*   *   *

한운자.

십수 년 전 당양현에 갑작스레 자리를 잡은 자였다.

당양현이 이방인에게 텃세를 부리지 않기도 했지만, 그의 성실함이 당양현에 자리를 잡는 데 도움을 준 건 분명했다.

그는 당양(當陽)현에서도 소문난 성실한 목수였다.

현의 한 어귀에 자리를 잡아 움직이지도 않은 채로 오직 목수 일에만 전념했는데, 덕분에 그 성실함과 실력이 소문이 나 일이 끊이지 않는 자였다.

하루도 쉬지 않고 오직 일.

맨몸으로 일을 시작한 그가 머지않아 큰 목공소를 마련하게 된 것은 당연한 수순일지도 몰랐다.

그 목공소에서 일하는 자들은 모두 외지인이었다.

현이나 마을 사람들은, 그런 외지인들로 가득한 한운자의 목공소를 이상하게 여기지 않았다.

"모두 얼마나 갈 곳이 없으면 터를 버리고 왔겠습니까? 저라도 보듬어야지요."

너털웃음을 지으며 외지인을 받아들이는 이유를 밝히는 그의 모습에 현 사람들은 선행을 한다며 추켜세웠다.

목공소의 이들이 가진 흠이라고는 단 하나.

사람도 좋고, 예도 바르며, 성실한 주제에 오직 하나를 안 했다.

혼인.

목공일을 하면서 가진 덩치와 보기 좋은 근육으로 마을 처녀들의 마음을 다 흔들어 놓고서는,

"아이쿠. 저 같은 놈이 무슨 결혼이랍니까."

"그건 자리를 좀 잡고 해야 하지 않겠습니까?"

이런 저런 핑계를 대면서 모두가 혼인하는 것을 꺼려했다. 그조차도 이상하게 여기지 않았다.

외지에서 자리를 잡은 자들의 고통이 어떠하겠는가. 자리를 잡는 데에 신중함을 보이는 것도 당연한 거라 여겼다.

정착한 지 십수 년이나 되고도 그러는 게 우습기도 하지만, 그저 그러려니 넘어가 주었다.

사람이란 게 자신의 일이 아니고서야 크게 신경을 쓰지 않는 법이니까.

그러던 어느 날.

매일 목공소의 아침을 열던 막내가 보이지 않았다.

어디를 갔냐는 마을 사람들의 물음에, 한운자는 웃어 보일 뿐이었다.

"친척이라도 연이 닿았나 보지요."

성실했는데. 결국 이곳에 적응을 하지 못하고 몇 년 못 가서 떠난 건가.

"좋은 젊은이였는데, 방랑벽이 있는가."

하고 넘어가는 마을 사람이었다.

낮밤이 일곱 번쯤 바뀌었을까. 목공소에 자리를 잡은 지 꽤 오래된 자가 또 하나 사라졌다.

그제서야 사람들은 이상함을 느꼈다.

"또 어디로 갔단가?"

"명절이 가까워지고 있지 않습니까. 본래 멀리 살던 자니, 미리 움직인 거겠지요."

"흐음…… 몇 년간 가지도 않던 사람 아닌가?"

"자리를 좀 잡았으니, 여유가 생긴 거겠지요."

여유가 생겨서 고향에 찾아가 보고 싶어졌다라. 듣고 보니 그럴싸한 이유였다.

두 번째까지도 넘어갔다. 다시 세 번째가 되었을 때는 누구도 묻지 않았다.

목공소를 맡고 있는 한운자의 표정이 심상치 않은 덕분이리라.

그렇게 당양현 어귀에서 일어난 일은 우연히 일어난 성내의 그저 그런 작은 사건인가 싶었다.

그런데 과연 우연이었을까?

종상(鍾祥)현에 포목점을 운영하던 왕우선이 떠났다. 자신과 함께하던 점원만 남겨두고서.

형문(荊門)현 어귀에서 작은 객잔에 터를 잡은 점소이가 말도 없이 떠나갔다.

흥산(興山)현 그리고 저 멀리 은시(恩施)현까지.

소수지만 모으면 수십이나 되는 자들이 떠나갔다.

모두 외지인들이었으며, 어떤 식으로든 그곳에 자리를 잡은 자들이었다.

그곳 마을에서는 한 명, 한 명이 그럴싸한 이유를 가지고 있었으나 전체를 놓고 보면 꽤 작위적이었다.

마을에 자리를 잡았던 자 몇이 다시 어딘가로 떠나는 것은 개방에서도 하오문에서도 별일이 아니라 여기고 넘어갈 그런 정보였다.

아무리 모든 정보를 취급한다고 하는 그들이지만 그런 이동까지 신경 쓰기에는 그들의 공사가 다망했다.

무림인에 집중을 하는 것만으로도, 이미 충분히 피로했으니까.

그게 작은 구멍이었다.

무림에 뿌리를 둔 개방이나 하오문으로서는 놓칠 수밖에 없는 구멍이었다.

시선이 무림이라는 곳에만 쏠려 있으니, 상대적으로 허술한 곳이 있을 수밖에 없었다.

하지만,

"신의님 말대로군."

그런 곳을 미리 알고 주시를 하게 된다면 어떨까?

비워져 있는 자리에 은근슬쩍 다시금 자리를 잡으려는 외지인들을 보게 되면 어떤 기분이 들까?

강한 기시감이 들지 않겠는가.

무언가 작위적이라는 느낌이 신의인 운현을 돕는 이들, 특히 하연화의 눈에는 강하게 보이기 시작했다.

그녀로서는 개안을 한 기분이었다.

무림의 눈을 이런 식으로 피할 수도 있구나 하는 새로운 방식을 배운 것 같았다.

자신들 또한 추격이 따라붙어 멀리 도망을 칠 때면, 양민으로 위장을 하고 움직인다지만 그와 비슷한 자들이 있을 줄이야.

하루, 이틀도 아니고 십수 년 전부터 뿌리를 박고 준비를 하고 있는 자들이었다.

'대체 어떤 목적이기에……'

권토중래(捲土重來)라는 말이 딱 어울리는 짓을 십수 년이나 수십 명이 하고 있단 말인가.

새로 자리를 잡지 않은 자들을 제외하고도 밝혀지지 않은 자들은 또 얼마나 많을 것인가.

'호북이 아래에서부터 중독되어 가고 있었어.'

저 멀리 양민들. 저 아래에 있는 양민.

목공, 포목, 객잔. 그 많고 많은 일들을 하는 자들이 암약을 하고 있었다.

아직까지도 전체가 파악되지 않은 자들이 움직이고 있었다.

목적이,

'대의라고 했지.'

무엇인지도 모를 자들이 움직이고 있었던 셈이다. 바로 호북에서.

그것도 모르고 호북에서는 무당이니 제갈이니 하는 곳이 정파의 영역 운운하고 있었던 것이다.

어리석게도.

왠지 모르게 두려워지는 하연화였다. 그런 조직을 향해서 칼을 빼들은 셈이 아닌가. 운현은.

자신도 모르게 불안함을 가지고서 물었다.

"잘하실까요?"

"신의님이시니 잘 하실 겁니다. 왜 아니 그렇겠습니까."

역시 남자들이란 걱정하는 그녀의 속내도 모른다.

임시로 그녀를 돕는 학사 한울은 젊은 나이임에도 그저 허허 하는 중년의 웃음을 지으며 그녀에게 괜찮다고 말할 뿐이었다.

'속도 좋지.'

그러니 운현이 외부에 있은 지 꽤 긴 시간이 지났음에도 저리 속이 편한 것일지도 몰랐다.

자신은 매일같이 노심초사하고 있는데 다른 이들은 속 편한 모습을 보이니 심술이 난 걸지도 모른다.

그래서 괜스레 물어보는 하연화다.

"그나저나 집필하신다던 의서는 잘 진행되어 가고 있나요?"

"웬걸요. 생각 이상으로 빠릅니다."

"그 정도인가요?"

"예. 신의 님이 오시기 전에 더 깊은 수준으로 보여드릴 수 있을 정도랄까요? 하하."

제갈소화가 돌아가고 난 뒤 잠시 삐걱거리긴 했지만, 의방은 잘 돌아가 주고 있었다.

하오문에 의뢰를 넣지 않더라도 정보를 총합할 사람은 필요하여 하연화를 초청하기는 했지만, 그 외에는 모두 잘 돌아갈 정도다.

운현이 싹을 틔운 일이 자체적으로 성장하고 있는 것이다.

애먹기는커녕 보람감이 느껴지는 모습이다.

"굉장하네요."

"그 정도는 아닙니다. 이 정도야 신의님이 고생하실 것에 비하면 새 발의 피도 안 되지요."

어째서 이들은 하연화 그녀와 달리 이리도 속이 편할 수 있었던 것일까.

운현이 잘하고 돌아올 것이라는 확신에 차 있는 한울의 표정에 문득 그녀의 머리를 무언가 스쳐 지나간다.

"믿음으로군요?"

"예. 믿고 있습니다. 다른 이도 아니고 신의님이십니다. 의명 의방을 만드신 분이시지 않습니까? 잘하고 오실 겁니다."

잘이라.

하오문과 개방. 호북의 무당파와 제갈가의 눈도 피하고 움직이는 그들을 상대로 정말 잘해 낼 수 있을까.

지금이야 처음부터 운현을 노리고 일을 벌인 그들을 상대로 역으로 유인을 했다지만,

'그들도 깨닫겠지. 자신들이 되려 낚시에 걸려들었다는 걸.'

그들이 깨달은 뒤에는 어떻게 일이 진행될까?

일이 쉽게만 진행될 거라고 생각하는 건 너무 안일한 생각이 될지도 몰랐다.

'준비를 해야 해. 어떤 방식이든.'

노심초사하던 여인이 자기 마음 안의 낭군을 위해서 조심스레 움직이기 시작했다.

第十一章
덧없는 희생

조금. 아주 조금만 더.

모두의 눈을 피해 숨어 있던 자들이다.

아직 하연화와 의방으로부터 완전한 정보를 듣지는 못했지만 본래 그들의 존재에 대해서는 알고 있었다.

지금 모습을 드러낸 자들은 용케도 호북에 숨어 있던 자들인 것이다.

모두 이 정파의 영역이란 곳에서도 잘도 버렸다.

문제는 이자들이 다시 숨을 경우였다.

또 어떤 상상도 못 할 방식으로 일이라도 벌인다면 그때 가서는 생각 이상의 문제가 생길지도 몰랐다.

그러니 운현은 충돌을 일으키기보다는 끝없는 숨바꼭질을 해 나갔다.

한 사람이라도 더, 자신을 잡기 위해서 모습을 드러내는 것을 원했기 때문이다.

지금만 하더라도 이십은 넘는 수.

충분히 많기는 하지만, 호북 전체에 숨어 있는 자라고 보기에는 무리가 있지 않은가.

좀 더 많이, 자신이 만족할 만한 수가 나오기를 기다렸다.

그게 과욕이 된 걸까?

*   *   *

산 중턱.

필사적으로 운현을 쫓고 있는 자들을 제외하고 나머지가 쏘아올린 신호를 보고 모여들었다.

그 수만 하더라도 서른이 훨씬 넘었다.

사람 수가 많은 만큼 복식도 가지각색이었다. 급히 모인 것이 분명했다.

그들은 그들 중심에 있던 자의 손짓에 따라 시선을 돌렸다.

시선이 닿은 곳엔 의복 여러 벌이 놓여 있었다. 한없이 검은색. 빛을 빨아들일 듯 깊은 검은색의 의복이 그들을 기다리고 있었다.

사전에 이야기가 되어 있었던 듯, 그들은 아무런 말도 없이 미리 준비되어 있는 의복을 입었다.

모두 진지했으며, 또한 가득 불만에 가득 차 있는 표정들을 하고 있었다.

"다 왔군."

"그렇소이다."

조직에서 말하던 대의에 신물을 느껴서일지도 몰랐다. 뜻을 같이하던 많은 이들이 죽어버렸다.

언제까지고 이뤄지지 않을 대의에 목숨을 바치고 싶지는 않다는 낭인 사내의 말이 이곳에 온 자들에게는 더 와 닿았다.

좋든 싫든, 십수 년간 머무르던 그들의 터전을 버리고 오게 되어 더욱 악감정이 생겼다.

대의보다는 악의가 그들의 가슴에 불을 지피고 있었다.

'너무 오래 기다리고 있었는지도……'

일 년만, 여기서 더 일 년만 기다리면 대의를 실행할 날이 올 것이다.

좋든 싫든 죽든 살든 간에 그때의 유지가 이어지는 날이 언젠가는 찾아올 것이다.

그렇게 여기며 숨죽이고 살았던 시간이 너무 길었다.

낭인 사내가 더욱 그러했다.

본디 명가의 자식이었던 그는, 십수 년을 떠돌면서 그 누구보다 낭인다워졌다.

자신의 목적을 위해서는 그 무엇이든 할 수 있는 야비한 자가 됐다.

"어차피 허울을 가진 자들은 다 똑같지. 그렇지 않은가? 그러니 이용할 건 이용해야지."

"그렇긴 하오만. 헌데 전 같지 않으시구려?"

한운자 목공소의 막내였던 자가 여기 있었다. 운현을 추격하는 추격전에.

"전 같지 않다라."

"척 봐도 변했구만. 흉내가 아니라 진짜 낭인이 다 됐어."

한운자를 닮아 성실하기 그지없던 막내 안준원이 비꼬듯 묻고 있었다.

낭인 사내의 변한 모습에 내심 그도 실망을 하고 있는 게다.

안준원이 조직에 몸을 들일 당시, 가장 대의를 주창하던 자가 바로 낭인 사내였으니.

치기 어린 젊은 나이었던 안준원에게, 낭인 사내는 순수의 상징과도 같았다.

그런 순수가 변하였으니 비꼼도 작은 투정 정도밖에는 되지 않았다.

하기사 모두가 그러했다. 모두가 변했다.

이곳에 있는 자들은 시간이란 이름하에 변했으니. 낭인 사내도 마찬가지다.

"변하지 않으면 못 버텼을 테니까. 그러니 변했지."

"못 버텼다라……."

"왜? 변해서 마음에 안 드는가?"

어쩌면 그들이 말하는 대의라는 것의 가장 큰 적은 시간이었을지도 몰랐다. 모두가 변해 버렸으니.

안준원도 마찬가지였다. 막내 역을 하면서도 성실함을 가장했지만 그에게는 하루하루가 인내의 시간이었다.

몰래 무를 닦을 때면, 검 한 번을 휘두르고 싶어 했다. 애써 닦은 것을 한 번쯤은 써 보고 싶었으니까.

하지만 참았다.

고통이 느껴지지만 기를 숨기는 대법을 매일같이 시행할 때면 용케도 고통에 적응해 가는 몸이 또 다른 고통을 안겨 줬다.

망할 대의 앞에서 숨어 사는 자신의 초라함이 주는 고통이었다.

용케도 낭인 사내는 그런 자들만 모았다. 고르고 고른 것처럼.

하지만 이들은 그가 고르고 고른 자가 아니었다.

'버려진 걸지도 모르지. 사형에게. 우습군.'

형운사의 사형이 보낸 자들이다.

인정하고 싶지 않지만 자신들은 또 다른 버림패일지도 모른다.

우스운 상황에 비릿한 미소를 지으며, 명을 내린다.

"녹슨 검보다는 벼려진 검이 신의를 상대하는 데는 더 낫겠지. 안 그런가?"

"그렇수다."

객잔 점소이를 맡던 이가 대신 대답한다.

이름이 칠자던가.

일곱 번째 아들이란 뜻을 가진 자다. 그 위로 있던 여섯은 모두 죽었다. 위선에.

"그럼 이 빌어먹을 곳부터 다 정리를 해 보자고. 그럼 나오지 않고는 못 배기겠지."

"정파인이란 이럴 땐 어쩔 수 없으니……."

"그래. 그걸세."

운현을 끌어 내리기 위해 산 곳곳에서 애꿎은 일이 일어나고 있었다.

"사, 살려주세요!"

"큿…… 대체 왜?"

사람이 사람을 죽이는 데는 생각보다 많은 이유가 필요치 않았다.

살인을 즐기는 살인자가 아니라 해도, 이유가 있다면 사람을 죽이는 자는 생각보다 많았다.

하기사 살인을 즐긴다라는 것 그 자체도 결국 이유 중 하나일지도 몰랐다.

아니면 원한 때문에 사람을 죽인다든지. 이유라고 가져다 붙일 것은 많았고, 죽는 자들은 많았다.

이곳 중원천지에서 별 이유도 아닌 이유로 죽는 자들만 해도 해마다 천은 넘을 거다.

그리고 지금 살인을 행하고, 검을 휘두르는 이들은 단지 한 가지 이유 때문에 검을 휘둘렀다.

이미 죽은 자들을 제외하고, 단 하나를 살려 놓고서는 말한다.

"신의를 끌어들이기 위해서다."

"예?"

"네놈이 그리 좋아하는 신의라는 놈을 끌어들이기 위해서라고. 그러니 전해라. 어디든."

"그게 대체 무슨 소리요!"

아주 간단하지 않은가?

그런 간단한 이유에 살아남은 자.

이곳이 터전으로 삼은 약초꾼인 그는, 방금 전 평생 함께 일을 해 왔던, 어릴 때부터 불알친구였던 이들을 잃었다.

아주 간단히.

그의 외침이 마음에 들지 않았던 것일까. 젖 먹던 힘을 다 쥐어짜 소리치는 자를 향해서 다시금 검이 휘둘러진다.

공기를 가르는,

"크아악."

소리와 함께 펄떡거리는 팔이 바닥에 떨어져 내린다. 산 곳곳이 그의 비명으로 가득 찬다.

처음 있는 비명이 아니다.

이들이 일을 벌일 때부터 이러했다. 비명은 여러 번 산을 가득 채웠다.

일부러 고통을 주었다. 비명을 지르라고. 더 시끄럽게 하라고. 신의가 나타나라고.

빌어먹을 대의에서 변질되어 버린 그들은 숨어 있는 어둠 속에서 대의를 위한 암귀(暗鬼)가 아니라 살귀(殺鬼)가 되어 있었다.

죽인다는 행위만을 즐기는 살귀가 산에서 날뛰고 있는 것이다.

곳곳에서.

"살려줘!"

"영가! 어서 도망쳐!"

살육이 벌어졌다. 들으라는 듯이, 크게 울려 퍼진다.

약초를 캐는 약초꾼들이, 짐승을 잡아 생계를 유지하는 사냥꾼들이 운현을 돕는다는 걸 알지 못하는 주제에!

그저 살인 그 자체를 위해 살육을 하고 있었다.

그 소리를 운현이 듣지 못할 리가 없었다.

상황 파악은 생각보다 쉬웠다. 아니 상황을 파악치 못했다 하더라도 일단 움직여야 했다.

어쨌든 사람이 죽고 있지 않은가.

"씨발."

이미 잊어먹은 줄 알았던 욕이 운현의 입새로 튀어 나온다.

추격꾼들을 상대로 도망만 치던 운현이 뒤로 돌았다.

'끝을 보자 이거지.'

더 유인할 수 없어도 상관없었다. 이미 많은 자들을 끌어들였다 생각하기로 마음먹었다.

그들의 뒤를 뒤지면 어떻게든 해낼 수 있을 것이다.

자신을 건드렸던 산적이나, 상인 같은 놈들과는 다르게

처음부터 작정하고 끌어들인 거니까.

운현 자신을 대신해서 그들을 주시하고 있는 시선이 있었으니 상관은 없을 것이다.

"죽어!"

뒤를 돈 운현이, 자신을 바짝 쫓기 시작하고 있던 추격자를 향해 쏘아져 나간다.

그의 손에는 사람을 살리는 선기가 아닌, 수기가 잔뜩 머금어져 있었다.

*　　*　　*

자신이 어중간하게 굴어서일지도 모른다.

다른 방법을 찾았어야 할지도 모른다.

자책들이 잠시 스쳐 지나간다. 하지만 이내 고개를 휘저으며 넘겨버린 운현이었다.

지금 일이 아니라 하더라도, 이들은 언젠가 일을 벌였을 자들이다.

그것을 막기 위해 움직인 것이 아니던가.

형의 복수도 복수지만, 호북에서 암약하는 이들을 뿌리 뽑기 위한 것도 큰 이유였다.

'자책할 거 없다.'

큰일을 위한 작은 희생이라느니 그런 개소리는 안 할 거다.

지금 고통스레 비명을 지르며 죽은 자들은 큰일을 위해 죽은 게 아니다.

개죽음을 당한 거다.

그런 상황을 만드는 데 자신도 일조를 했다. 죄책감을 가져야겠지.

그걸 대의를 위했다느니, 큰일을 위함이라느니 하는 건 자기 변호밖에 안 된다.

자신은 그런 개소리를 하는 놈이 되기는 싫었다.

그러니 달려든다. 검을 쥔 채로.

'오른쪽 둘. 뒤에서 노리는 놈 하나.'

약초꾼의 팔을 자르면서 킬킬대던 놈들이다. 눈 한가득 비웃음을 담던 놈들이다.

뒤늦게 검을 빼어든 자신이 일격으로 하나를 베어 버리는 동안 용케도 한 놈은 숨어서 은신술을 펼치기는 했다.

그래도 그에게는 다 느껴졌다.

이들은 운현 자신에 대해서 몰랐다.

자신이 그 사이에 깨달음을 얻었다고는 생각도 못 할 거다.

의술로써, 혹은 운이 좋아서 큰형인 명학을 치료해 냈다고 여기는 게 분명했다.

그러니 자신을 죽이겠다고 나선 주제에 이 정도 수준밖에
는 안 오는 거겠지.

'전이라면.'

분명 죽는 쪽은 자신이 될 수도 있었다. 살아남기 위해서
온갖 묘안을 다 짜야 했을 거다. 분명히.

어쨌든 좋다.

이들은 어차피 낚시에 걸린 자들일 뿐이다. 대어를 낚기
이전의 잡어일 뿐.

이들이 목적이 될 수 없다는 건 운현도 이미 충분히 알았
다.

호북에서 문제를 일으키고 사건을 만드는 자들은 저 아래
에 숨어 있는 자들이지, 이들은 하수인밖에 안 된다.

'그래도 깔끔히.'

베어 버린다. 검으로.

흑의를 입고 핏빛의 기를 뿜어내는 자를 베었다. 검기? 아
니다. 그보다는 더 시뻘건 색이었다.

저들이 가진 무공의 성격 자체가 기를 다루는 류의 무공
인 게 분명했다.

그러니 자신이 깨달음을 얻어 사용하는 검기보다는 부족
한 힘을 가지고 있는 걸 거다.

우위가 결정됐다.

저놈은 아래고, 자신은 상위다. 그리고 들끓어 오르는 살의.

그럼 결과는?

콰즉—

베어 버리고, 으깨 버린다.

운현의 의지를 이어받은 검이 휘둘러진다.

검기가 맺혀져 있는 검이지만, 운현의 의지가 반영이 된 건지 곱게 베어지지는 않았다.

"아아악!"

다른 이들에게 고통을 주고 킬킬대는 주제에 제 놈도 고통을 느낄 줄은 아는지 고함을 질러댄다.

어쨌건 자신의 검기로 갈라 버렸다 해도, 마음에 드는 광경은 아니다.

'깔끔하지가 않아.'

짐승을 베는 데 죄책감 따위는 들지 않지만, 저런 식으로 검상을 입히는 건 운현의 성격과 맞지 않았다.

기운에 깨달음을 얻고, 훈련하여 기운을 더 세밀하게 조종할 수 있게 된 만큼 그의 의지가 검기에 더욱 세밀하게 발출되는 듯하다.

짐승을 짐승답게 죽이겠다는 마음이, 더욱 잔인한 검상을 만들어 내는 걸지도 몰랐다.

'뭐 상관없을지도.'

살계를 열었다. 살춤을 춘다.

한바탕의 살풀이가 산에 있는 자들을 베었다. 아니 으깼다.

휘둘러지는 검 한 번. 이어지는 콰즉— 하는 괴음이 한번.

그 음이 울려 퍼질 때마다. 하나. 한 명. 아니 한 마리.

"저기다!"

추격자였던 주제에 제대로 쫓지도 못한 자들이, 아군의 비명을 듣고 달려와서 달려들 때.

다시 또 하나.

또 한 번의 검이 휘둘러진다.

베어 버리고 또 베어 버린다.

한 번에 되지 않으면, 그 다음으로.

검기가 안 되면, 일시적으로 수기라도 끌어 올려 심장에 손을 직접 박아버린다.

두근— 두근— 두근.

느껴지던 심장박동. 아찔한 기분이다.

호북의 사람들을 살리기 위해서 일을 벌이고, 의방을 운영하는 주제에 사람을 죽일 때면.

모순적인 상황에서 오는 아찔함이 그의 정신을 감싸 버리곤 한다.

그러지 말라고.

살의를 깨우지 말라고.

말을 하는 거 같다. 무인이 되기보다는 의원이 되라고 하는 거 같다.

'안 돼.'

그래도 지금 이 순간만큼은 안 됐다.

운현은 자신의 감정에서 느껴지는 죄책감, 모순감, 회의 속에서도 움직이기를 멈추지 않았다.

검을 빼어든 지 오래되었고, 베어내고 사람을 죽이는 게 처음은 아니었기에 심적 부담 속에서도 표홀히 움직일 수 있었다.

상대에게 거친 검상을 만들어 낼지언정, 일말의 죄책감이란 게 상대를 치유해 주지는 않았다.

도무지 거침이 없었다.

죽임에. 죽음으로 이끎에. 신의가 아니라 사신이 되어 버린 듯한 운현의 모습이다.

"이대로는 안 돼!"

삐이익—

거친 소리다. 운현의 귀에도 들리는 귀를 째는 듯한 소리다.

핏빛의 붓.

비명이 만드는 곡소리란 음악.

곧 죽어 시체가 될 몸뚱어리를 가진 적이라는 도화지들이 그제야 겁을 먹었다.

아니 더욱 큰 도화지가 되기로 마음을 먹었다는 듯이 뒤로 빠지기 시작했다.

'뭉치려는 거겠지.'

자신들로는 안 되는 걸 안 거다.

여기서 비명 소리를 듣고 하나둘씩 모여 봐야 애꿎은 희생자만 늘리는 일이라는 걸 깨달은 거다.

자신들도 애꿎은 희생자들을 만들어 낸 주제에, 정작 그자신들은 그 대상이 되길 거부하고 있었다.

약선준자가 이 자리에 있다면,

"육시랄 놈들!"

이라고 해 줬겠지.

"미리 봐둔 곳으로 간다!"

상대도 무언가 더 숨길 생각은 없는지, 전음이고 뭐고 그냥 외친다.

전음 하나 날릴 만큼 내력에 여유가 없는 걸지도 모른다.

그들의 두 다리는 제 주인을 살리기 위해선지 누구보다

재빨라 보였다.

두 다리 가득 기를 가득 머금은 채였다.

누가 봐도 운현을 유인하려 하는 모습이다.

추격자였던 그들이, 이제는 운현을 유인하는 유인물이 되어 버렸다.

추격자가 아니라, 추격을 받는 도망자가 되어 버린 거다.

'간다.'

이성적으로 생각을 한다면, 쫓아가는 건 하수다.

기회를 보고 기습을 하는 게 운현으로서도 더욱 피해가 없을 거다.

뒤를 노리는 것. 그게 실리적이다.

아무리 운현이 깨달음으로 말미암아 더 강해졌다고 하더라도, 이왕이면 더 실리적으로 행동하는 게 나았다.

아무리 정파의 무사들이라 하더라도, 수십의 무인들을 상대로 기습을 한 것쯤이야 뭐라 하지 않을 거다.

하지만 지금 이 순간만큼은 그도 이성적이지 않았다.

"크엇."

이성적으로 잠시 뒤로 빠져, 그들의 뒤를 노리기보다는 다른 걸 택했다.

도망치는 토끼처럼 몸을 빼던 운현이다. 맹수임에도 힘을 숨겼달까. 그런 그가 태세를 바꿨다. 도망자가 추격자로 화

하는 건 순간이었다.

좀 더 오래 시간을 끌어 애꿎은 희생을 내기보다는,

'이게 최선.'

이라고 여겼으니까.

혼자 모든 걸 책임지려 하는, 홀로 짐을 얽어매어 버티려는 그답게 이 사태도 그가 모든 걸 책임지기로 마음먹은 것이다.

그게 설사 실리적이지 않은 방법, 어쩌면 위험할지도 모를 무모한 선택이라고 할지라도.

운현은 쉬지 않고 그들을 베어 넘겼다.

검은 무복을 입은 자라면, 철천지원수라도 된 것처럼 베고, 베고 또 벴다.

쓰러질 때까지.

토막이 나 더 이상 애꿎은 희생자를 내지 못하도록.

팔을 잘라 더는 검을 휘두르지 못하도록.

다리를 잘라 더 도망가지 못하도록. 더는 누군가를 죽이지 못하도록.

그리 만들었다. 당장 완전히 죽이지 못해도 상관없었다.

다시 돌아와 확인 사살이라도 하면 되었다.

그도 아니면 그들이 어느 조직의 누구인지, 취조라도 해 보면 더욱 좋았다.

기운을 세밀하게 느낄 수 있게 됨으로써, 선택지가 더 많아졌으니까. 어떻게든 알아낼 수 있을지도 몰랐다.

적에 대해서.

그러니 되는 대로 베어가며 추적해 간다. 죽이면서.

그러던 어느 순간.

"놈!"

거친 기운이, 운현이 낼 수 있는 속도만큼이나 빠르게 달려드는 것이 느껴졌다.

일류 아니, 그 이상의 경공이다. 운현이 할 수 있는 것 이상의 속도로 운현을 향해 달려들고 있었다.

핏빛의 기운을 잔뜩 내뿜고서, 또한 한편으로는,

'정파?'

정파의 정순한 기운을 내뿜고서 검을 들어 운현에게 달려들고 있었다.

악귀라도 되는 듯이.

"신의라더니 살귀구나! 킥!"

낭아(狼牙)가 되어 무림을 누비던 암귀와 신의면서 살계를 열어버린 악귀, 아니 살귀가 된 운현의 검이 마주했다.

아주 오랜 시간을 격하고서.

第十二章
마주함

명가가 있었다.

무공은 잘해야 이류. 대성을 해도 절정이 겨우 될 무공이
다.

대성한 자가 새로운 무공이라도 창안하지 않는 한은 오직
한 가지 가전무공이 다인 그런 곳.

무림에는 비일비재한 곳이나, 그 정신의 고매함이 명가로
만들었다.

작지만 정의를 표방하던 곳이다. 진실됐던 곳이다.

작았기에 오히려 오랜 시간 동안 진실함을 지킬 수 있었던
것일지도 몰랐다.

적어도 주변은 그들의 고매함을 존중하여 주었으며, 언제고 명문가가 될지 모를 곳이라 여겨줬다.

그 일이 있기 이전까지는.

"사연주창 사오라고 하오."

창수가 하나 찾아왔다. 당시 비무행을 하며 호북을 중심으로 떠도는 자였다. 가진 바 기운은 정파의 것이나, 창술에 사특함이 보여 정파인지 사파인지도 모를 자.

그자가 휘두른 창에 가(家)의 주인, 아버지가 불구가 됐다.

"아버지!"

그는 어린아이에 불과한 제 아들의 품에 안겨 쓰러졌다. 그때부터가 악몽의 시작이었다.

제대로 무공을 잇지도 못한 아들 하나. 어머니는 몸이 약하여 죽은 지 오래. 아버지는 불구.

뻔하지 않은가?

온정은커녕, 냉정이 그들에게 들이닥쳤다.

약값으로 사용되는 큰돈에 얼마 안 되던 전답이 사라졌다.

아이에게는 궁궐 같던 집이 사라졌다.

어린아이란 탐욕스러운 어른에게 맛있는 먹잇감이기에, 집은 더욱 헐값에 팔리고 약값으로 쓰였다. 그래도 아이는 몰랐다.

그 모든 돈을 집어삼키면서도 희망이 없던 아버지는,

'정의를 행하라.'

라는 마지막 말을 남기고서는 자살하셨다.

다쳐 버려 불구가 된 한쪽 팔, 한쪽 다리를 끌고서 목을 맨 그날. 어렵사리 겨우겨우 죽어 가던 그날.

그 아버지는 그때도 정의라는 말을 했었다. 우습지도 않은 정의.

"……뭐가 정의입니까. 아버지."

그때 소년은 생각했다. 정의 따위가 다 무엇이냐고.

그래도 꼴에 아버지의 이름을 먹칠할 수는 없었다. 구걸도 하지 못했고, 소매치기는 더 생각도 못 했다.

꿋꿋하게 작은 일이라도 받아들여 끼니를 때웠다. 가전 무공을 익힐 생각은 하지도 못했다.

그런 생활이었다.

그나마도, 어린아이가 열병에 걸려 며칠 일을 하지 못하자 끊겨버렸다. 소일거리란 게 그런 거였으니까.

굶어 죽어갔다. 아주 작은 방에서, 모든 걸 다 잃은 채로.

그때 그들이 찾아왔다.

"살아보겠느냐?"

"살아?"

"그래. 살아서 이 세상을 한번 바꿔보지 않으련?"

"……배고파."

"가자."

그날 정의를 표방하던 작은 명가에서 자라난 아이는 낭아
(狼牙)가 됐다.

대의라는 이름에 사람을 잡아먹는 악귀가.

오직 정씨라는 성 하나만을 남기고서, 이름은 잊은 채로.

그렇게 악귀가 됐다.

그런데 바로 눈앞에 자신과 정반대의 청년이 있었다.

명문정파의 자식이라면 저리 자랐을 것이라 싶은 자가 보
였다.

눈에 총기가 가득 보였으며, 불의에 분노하고, 선을 행하
는 자가 바로 눈앞에 있었다.

어릴 적 자신이 꿈꾸던 자가, 꿈꾸던 모습으로 자신과 마
주하고 있었다.

호기신의.

자신의 적이다.

그러니 더 죽이고 싶었다.

바르게 자란 얼굴에 긴 흉터를 만들어 버리고 싶었다. 신의
로서 행한다는 의술을 할 수 없도록 손 근육을 잘라 버리고

싶었다.

명문정파라는 허울에 갇힌 그에게 현실을 가르쳐 주고 싶었다. 정파란 건 없으며, 정의는 더욱 없고, 온정이라곤 기댈 데도 없는 세상이란 걸.

어서 검을 더 휘두르고 싶었다.

"피차 많은 말을 할 필요는 없겠지?"

"왜 그랬습니까? 그 망할 대의라는 거 때문입니까?"

그럼에도 신의는 오히려 말을 나누고 싶어 했다. 자신이 우스워 보이도록.

"너무 많은 걸 아는군?"

"안 얽히고 싶어도, 얽히니 모를 수가 없지 않습니까. 빌어먹을."

"풋. 빌어먹을 세상, 빌어먹을 사람이 넘치니 어쩔 수 있나. 얽힐 수밖에."

"그럴지도. 그쪽은 또 뭐라 불러 줘야 합니까? 상인? 보부상? 낭인? 낭인이 어울려 보이긴 하는군요."

"이름은 잊은 지 이미 오래네. 그래, 그냥 낭아라 하게나. 별호야."

"낭아라……."

촌스러울 수 있는 별호다. 그래도 그에게는 어울렸다.

신의가 듣고 싶었던 게 여기까지인가. 너무 싱겁지 않은가.

신의가 검을 곧추어 세운다. 싸우자는 의미다.

낭아가 된 그도 같이 검을 곧추세운다. 신의의 형이라는 자를 베어 버릴 때 사용했던 검이다.

'만만하게 볼 놈이 아니다.'

그의 머리로 신의에 대한 정보가 스쳐 지나간다.

권법은 따로 배운 바가 없다지만 권을 사용하며 주로 사용하는 건 검법이다.

의술 중 약학에 관한 이해가 높으며 온갖 기상천외한 것들을 만들어 낸다던가.

지금 중요한 건 그게 아니었다.

검과 권을 쓴다는 게 중요했다. 기기묘묘함을 갖췄을 걸 알고 싸워야 했다.

그가 먼저 신의를 향해 달려들었다.

환화세공(幻化世功)을 기반으로 한, 연신선하보로.

흉포한 늑대가 먹잇감의 목덜미를 노리듯 신묘한 보법이 신의 주변을 가득 채운다.

하나이되, 먹잇감을 노리는 늑대의 무리가 된 것처럼 이 주변 터를 가득 채우고도 남은 존재감이었다.

정의를 버리고 대의라는 짐을 쌓고 얻은 환화세공의 힘이다.

'머리!'

그 자신이 낭아가 된 듯 신의의 목덜미를 노린다. 검이 휘둘러졌다. 오른쪽에서 아래로. 사선을 그어버린다. 그의 상상 속의 신의는 벌써 목이 베였다.

검의 궤적과 같은 사선으로.

"악수에, 악공이로군요."

베여야 했다. 분명히.

그런데 신의는 피해 냈다. 말할 수 있는 여유도 가지고 있다는 듯 아주 쉬이.

'절정. 같은 절정이 아니었던가?'

쉽게 죽일 수 있을 거라 여겼던 신의가 이리 어렵게 다가올 줄이야.

역시 어려서부터 그랬듯 그에게 세상은 쉽지가 않았다.

쉽게 사냥을 할 줄 알았더니, 맹수이지 않은가. 역시 홀로 상대하기는 힘들어 보인다.

그렇다면야,

휘익—

신호를 보내면 되지 않겠는가. 모두에게.

*   *   *

깔끔한 대결이 될 거라고는 여기지 않았다. 좋은 대련이 되는 것도 불가능했다.

시작이 깨끗하지 않았으니, 일종의 결착을 짓는 지금에 와서 깔끔함은 무리다.

'그래도 심하군.'

신호가 한 번 울리자마자 달려들기 시작했다. 셋이다.

"하악!"

긴 헛소리. 호흡이 조절되지 않은 건지, 괴성을 내면서 달려들었다.

'절묘하군.'

자연스레 운현의 시선이 그를 향해 갈 수밖에 없었다. 찌르고 들어오는 게 너무 절묘했다.

기운을 느끼는 게 쉬우니 이들이 노리는 수가 훤히 보인다.

문제라면 읽었다 해도 그대로 당할 수밖에 없을 만큼 절묘해 보인다.

이대로는 쉽게 피하던 낭아의 검도 피하기 어려워진다. 낭아와 오랜 세월을 함께 한 것으로 보이는 고검은 꽤나 빈틈을 잘 찔러 대었으니까.

이대로라면 검을 마주하든가. 한 수 무르든가 해야 한다.

공세가 수세로 전환되겠지. 저들도 그것을 원했을 거다.

하지만 저들이 원하는 대로 당하고만 있을 수는 없었다. 당하고자 여기까지 온 게 아니다.

'해 보자.'

이미 기운은 읽었다. 저들의 허점은 여러 개 보인다.

문제는 그들의 허점을 한 번에 여러 개 노려야 한다는 거다. 다가오는 검도 여럿이니까.

넷을 상대로 한 수씩을 보여야 한다. 총 네 번.

자신의 오른손에 쥐어진 검으로는 낭아를 향해 휘두른다.

차앙— 하는 맑은 쇳소리와 함께 검과 검이 부딪친다.

여기까지는 저들도 예상했을 거다.

문제는 오른편에서 찌르고 들어오는 검과, 좌측을 노리는 검. 다시 좌측에서 이어질 검이다.

"죽엇!"

휘익— 휙.

낭아의 검을 물림과 동시에 셋의 검이 쏘아져 온다.

오른편은 자신의 시선을 끌기 위한 허수였고, 좌측의 검 둘이 진짜다. 둘 중 하나만 찔려도 치명타가 될 거다.

거의 동시니, 운현도 거의 동시에 저들을 막아내야 했다.

낭아를 막아냈던 검으로 오른편의 검을 막아 낸다. 어차피 약한 검. 막기는 쉬웠다.

즈아앙—

왼손이 수기를 머금는다. 동시에 바로 눈앞에 도달한 왼쪽의 검로를 비튼다. 수기를 머금고 있는 그의 왼손. 팔뚝에서부터 타고 온 혈에 기운이 움직인다.

간사, 내관, 태릉, 노궁, 중충.

수기를 머금고도 남은 선천진기가 순식간에 다섯 개의 혈을 돌아 그만의 '기운'을 만들어 낸다.

슈아악―

그의 왼손으로부터 얇고 길쭉한 무언가가 튀어 나가 왼편의 뒤에 있던 자를 향해 날아든다.

콰앙―

기와 기가 부딪쳐 폭음이 일어난다.

"크읏."

손해를 본 쪽은 처음 왼편을 노린 자였다. 바로 옆에서 폭발이 일어나니 부상을 입은 것이다.

모두 놀랄 수밖에 없었다. 눈이 크게 뜨여진다.

암기? 침?

그들이 알던 신의가 이런 수를 쓸 줄도 알았던가? 전에 없던 수다.

무당에서 암기를 익혔을까? 말도 안 되는 소리!

'정보가 부족했다.'

그들이 당황하는 사이 운현은 물 만난 물고기라도 되는 듯 더 빠르게 움직이기 시작했다.

'거칠 것도 없다.'

자신이 숨겨 놓은 몇 수 중 하나를 내보였다.

기운을 세밀하게 조종하고, 느낄 수 있게 됨으로써 사용할
수 있는 한 수였다.

다음도 역시 마찬가지다.

'빈틈!'

공세가 실패하면 수세에 몰리는 게 인지상정.

운현은 오른편에서 자신의 시선을 끌던 자에게 바로 다가
갔다.

"웃."

그가 뒤로 빠지려고 했을 때에는 이미 왼팔이 운현에게 잡
한 뒤였다.

'역시.'

기운이 느껴진다.

무공을 익히고 내부에 기를 돌린다 해서 한 번에 모든 혈
에 기를 돌리는 게 아니다. 그래서야 효율이 없다.

자신이 익힌 무공, 검공에 맞는 혈의 순서에 맞춰 내공을
돌리는 게 무공의 기초다.

상식이다.

운현은 그 상식을 역으로 노렸다.

천천, 곡택, 극문.

세 개의 혈 중에서 중간에 곡택의 혈에서 느껴지는 기운이

약했다. 다른 이라면 느끼지 못할 만큼 미약한 차이일 수도 있다. 다른 혈의 기운을 읽느라 바쁠 테니까.

하지만 운현에게는 아니다. 그게 약점이었다. 무엇보다도 큰 약점!

그앙—

수기를 머금었던 기가 혈을 잡아먹는 맹수라도 되는 듯 그에게 타고 들어간다.

보통은 이럴 경우, 내력과 내력의 싸움이 된다. 진기 간의 고하가 승부를 결정 짓는 미친 대결이 되는 것이다!

하지만!

맹수가 된 운현의 기운은 상대의 기운이 운현에게 대응할 틈조차도 주지 않았다.

바로.

퍼억—

혈을 터트렸다.

서로 간에 기의 고하를 나눌 틈도 없이 약한 혈을 바로 터트려 버린 것이다!

"크아악!"

혈이 하나 터진 상처는 작다. 하지만 상처의 크기로 고통이 정해지는 건 아니지 않은가.

그렇다면 사혈도, 혈을 이용하여 고문하는 것도, 수혈도,

분근착골도 없었을 거다.

혈이 터짐은.

특히나 기가 활발히 움직이던 무인의 혈이 터지는 것은!

"우웩!"

순식간에 내상을 입어, 기를 격발시키는 것만큼이나 위력적이었다.

기운을 느껴 약한 곳을 찾고 의도적으로 기혈을 뒤틀어 버린 것이다!

사람을 살리는 게 아니라 철저히 죽이기 위한 방법이다!

"큭……."

혈이 터짐으로 순식간에 하나가 전투 불능이 된다. 죽음이나 다름없었다.

씻지 못할 상처를 얻었으니까.

'다음.'

이미 예상한 결과라는 듯, 운현은 바로 다음을 찾아 움직였다.

'피해?'

그를 마주하는 무인들이 주춤한다. 필사적으로 물러난다.

검기가 선명히 맺혀 있는 그의 검에는 마주할지언정, 수기가 사라지고 드러난 맨손에는 주춤거리며 다가가기를 꺼려했다. 동료가 처참하게 무너지는 것을 본 덕이다.

저대로 내상을 방치해서야 불구다.

피를 내뱉고, 꿈틀대는 저 동료가 무공을 쓸 확률이 높아 보이지 않았다.

그들에게는 죽음보다도 더 구차해 보였다.

"안 오면 제가 가죠."

살계를 열었으니, 마무리는 해야 하지 않겠는가. 운현이 짓쳐 들어갔다.

＊　　　＊　　　＊

피한다 싶으면 세침 같은 침이 날아든다. 순수하게 기운으로 만들어진 침이다.

강기도 아니었다. 저런 식으로 강기를 운용하는 자는 보지도 못했다. 그런 주제에 얇게 길게 만들어진 세침은 상대의 혈을 정확히 파고들어 가곤 했다.

"크읏……."

그러고는 바로 이어지는 내상.

그의 손에 직접 당하는 것보다는 약하지만, 침은 혈에 타격을 줬다.

내상을 입은 자의 무력이 급감하는 건 당연했다.

그렇다고 다가서는 것도 문제였다.

수준급으로 휘둘러지는, 절정에 어울리는 검술도 검술이거니와,

"크악!"

짧지만 굵게 끝내버리는 왼손도 문제였다.

어찌 아는 건지, 그의 손에 닿으면 아주 절묘하게 내상을 입었다.

내상을 전문적으로 입히는 걸 보고, 기의 운용을 변칙적으로 해도 마찬가지였다.

순식간에 열이 넘게 당했다. 결국 검을 마주하며 쉼 없이 검을 나누던 낭아도 물을 수밖에 없었다.

그의 상식선이 깨지는 일에 답이라도 듣고 싶었는지도 몰랐다.

"환화세공을 아는 것이냐? 어떻게?"

상식적으로 무공을 알아야 파훼를 한다. 지금 보이는 모습은 파훼법을 정확히 알고 노리는 방식이었다.

그렇지 않고서야 이런 식으로 절묘하게 내상을 입히는 건 불가능하다. 그가 익히는 무공을 아는 자가 있다는 건, 자신들 중에서 배신자라도 있는 걸까?

운현으로서는 좋은 것을 들었다. 단지 무공 명이지만.

"모릅니다. 알 리가 없잖습니까?"

"헛소리. 대체 어떻게!"

자신들이 익힌 신공은 무공을 모르고도 뚫릴 만큼 약한 무공이 아니었다.

부작용을 안고는 있지만 그만큼 강한 무공이 환화세공이었다. 조직의 비밀을 지키기 위해 비밀스럽기 그지없었던 무공이었다.

그런데도 이렇게 뚫린다는 게 말이나 되는 소리인가?

'생포해야 하는가?'

빌어먹을 대의에 충성심이 사그라들기는 했다. 그래도 최소한의 선은 있지 않는가.

조직에 배신자가 있어서야 좋은 꼴 못 본다. 몇 안 남은 사형제를 위해서라도 생포를 해야 하는 것인가.

이내 고개를 휘휘 젓는다.

'될 리가……'

신의는 자신보다 한 수, 아니 몇 수는 더 위에 있었다. 빌어먹게도. 생포는커녕, 부상을 입히는 것도 힘들지도 몰랐다. 이대로는.

결국 남은 수는.

'동귀어진.'

다 같이 죽는 게 나았다.

휘이익— 휙.

남은 이들에게 신호가 날아든다. 그 의미를 모르는 자는 이곳에 운현을 제외하고 아무도 없었다.

그와아악—

내부에서 기가 폭발하는 소리가 들리는 듯했다.

들을 수 없음에도 그들에게는 그리 들렸다.

"미쳤군."

다른 이들은 몰라도 운현에게는 그 의미가 크게 다가 왔다.

'잠력을 쓰는 건가.'

저들이 하는 짓은 미친 짓이다. 금기를 범하고 있다.

자신들에게 남은 잠력. 선천진기를 폭발시킨 게 분명했다.

죽자는 짓이다.

'안 돼.'

운현으로서는 저들 모두를 살리지는 못해도 몇은 건져야
했다. 몇이라도 살려 어떻게든 들어야 할 게 있었다. 더 많이,
더 깊이 알아야 할 게 넘쳤다. 그런데 상황이 좋지가 못했다.

'젠장……'

살리고자 달려들어야 하는 건가. 하나라도 건져야 했다.

'해 보자.'

그들의 기운이 더욱 거세졌다. 더 빨라졌다. 강맹해졌다.

기를 폭발시키고 운현에게 달려든다.

"후읍."

그들을 향해 운현이 피하지 않고 마주했다.

강맹해 보이나, 잠력을 폭발시켜 얻은 강맹함이다.

초가 다 불타면 사그라지듯, 모든 기운이 사그라들면 저들도 스러질 거다. 죽겠지. 그것만은 막아야 했다. 고작 저들 선에서 모든 일을 끝낼 생각은 없었으니까.

뿌리를 뽑기 위해서라도.

'한 명씩.'

살려야 했다.

죽일 만한 자들을. 죽여야 하는 자들을 살려야 하는 모순이다.

"쳐라!"

검을 빼어든 수 명의 사람들이 운현 한 사람을 죽이기 위해서 달려든다. 악의와 함께 기를 격발시킨 채로!

마주하여 검을 들었지만, 왼손은 다른 동작을 취한 채 운현은 저들을 하나라도 살려 보려 자세를 잡는다.

죽고 죽여야 하는 대결이.

살리고, 죽어야 하는 대결로 변질되어 전장을 가득 채우고 있었다.

모두가 모순에 던져져 가고 있었다.

第十三章
사라지다

폭음이 일었다.

검이 휘둘러지고 한 사람씩 스러져 갔다.

살려 보고자 했으나 잠력이 폭발된 무인은 역시 강했다. 운현이 겨우 피할 만큼.

족히 몇 배는 강해진 그들을 상대로 분투하였으나, 살릴 상황은 못 됐다.

무리였다.

그래도 전투를 벌인 자 중에서 몇은 건질 수 있었다. 마치 기적처럼. 남은 목숨이 질기기라도 한 건지, 악운이라도 작용한 건지는 아직 운현으로서도 몰랐다.

기운을 느끼긴 하나, 선천진기의 깊숙한 곳까지는 아직 미지의 영역이었으니 그도 어쩔 수 없다.

다른 짓을 하지 못하게 급히 혈을 봉했을 뿐이다. 함부로 기운을 일으키다간 겨우 산 사람도 죽는다.

"살았군. 질겨…… 저들도 살았나?"

"일단은요. 그래도 마지막 남은 자는 당신이죠. 저들은 일어날 수 있을지도 불분명하니까요. 죽은 것이나 다름이 없지요."

낭아가 말하는 자들은 처음 내상을 입은 자들임이 분명했다. 몇은 죽었겠지만, 몇은 살았다. 아직까지는.

'느껴지는 기운으로 봐서는 미약하지만 셋 정도인가. 젠장.'

조치를 취한다고 하더라도 금방 죽을 자들이다. 기운이 너무 미약하다. 치료가 되는지도 모를 내상을 입은 자들이다. 이미 죽었다 쳐도 무방했다.

"그렇군. 나 하나 남은 건가."

낭아도 그런 자들을 일견하더니, 짧게 답했을 뿐이다. 짙은 허무감이 느껴지는 목소리였다.

"그쪽도 대의란 것에 죽을 겁니까?"

"죽겠지."

자신의 힘으로 죽는다는 걸까, 아니면 죽임을 당한다는 걸까.

허무함에 물들은 그에게서는 알아낼 수가 없었다.

'어쩔 수 없나.'

자신의 방식은 아니긴 하지만 하오문의 도움을 받은 게 있다.

자백제.

약물을 사용하여 부교감 신경을 교란시키는 약이다. 성분도 가지각색.

중요한 건 정신을 혼란시키고 몽롱하게 하는 게 아니라, 자신도 모르게 뇌의 기억을 발설하게 하는 게 중요했다.

그걸 구했다. 정확히는 구해 줘서 받았다.

그의 성격과 전혀 안 맞기는 하지만, 지금까지로 보아 저들은 자살도 쉽게 해내는 자들이다.

부작용은 분명하지만 이게 깔끔할지도 몰랐다.

"소용없을 거다. 아마도."

꺼림칙한 손놀림으로 준비를 하고 있으려니 낭아의 목소리가 들려온다.

"그거야 제가 판단할 일이 아니겠습니까?"

"그래도 없을 거다. 금제가 있으니까."

거짓은 아닌 듯했다. 낭아의 성격이 그러하니까.

'금제라니. 미친.'

사술에 관련해서 그런 금제가 있는 건 알았지만 실제로 보는 바는 처음이다. 아까부터 천주혈과 풍지혈에서 느껴지는 묘한 기운이 금제와 관련된 것인 듯했다.

손으로 직접 가져다 댄 기운을 만져 보니, 전에 보지 못하던 기운이다. 거의 확실했다.

"알 만하군요."

"없앨 수 있나? 신의니까?"

낭아가 비릿한 웃음을 지으며 묻는다.

금제를 없애면 희망이 생기는 걸까? 반짝이는 눈빛에 무언가 스쳐 지나가는 바가 있었다.

하지만,

"장담은 못 합니다."

"그래. 그렇단 말이지."

역시 무리다. 처음 보는 걸 어떻게 할 자신이 없다. 또 금제가 어떤 식으로 발동할지도 모른다.

'아주 잠시⋯⋯.'

잠시 정도만 막을 수 있을지는 모른다. 기운을 느끼고 잠시 통제를 하면 되니까.

하지만 그 뒤는 확실하다. 격발된다. 저 기운이.

'확실히 기운과 관련된 기술이 많은 곳이야.'

자신의 형을 불구로 만들던 악질적인 수법도 기운과 관련된 것이었다.

평상시 신분을 숨기기 위해서 기운을 숨기는 자들이니, 기운을 숨길 줄 안다.

그 또한 기운과 관련됐다.

여기 이 금제도 기운을 사용해서 거는 금제다. 그러니 기운이 있겠지. 이 또한 기운과 관련돼 있다.

'악질적이긴 해도……'

자신과 다른 길을 깊게 걷는 자가 있는 게 분명하다. 아니면 그런 수법이 전해지거나.

"잠시는 되겠죠. 그 뒤로는 죽을 겁니다. 확실히."

"잠시라……."

뭘 생각하는 걸까. 눈동자 깊은 곳을 스쳐 지나가는 번뜩임이 있었다.

그러고는 결심을 할 때의 눈빛을 한다. 신념이 깊은 자만이 가질 수 있는 눈빛이었다.

"바로 하게나. 지금!"

힘을 주어 말한다. 마치 아무것도 모르는 것처럼.

이들은 언제나 이런 식이다. 죽는다 말해도 이런다. 죽음이 무섭지 않은 건가.

다시 살아난 자신도 두려워하는 게 죽음일진대?

"하. 어느 쪽이 상황을 주도하고 있다고 생각하는 겁니까?"

"그쪽이지. 신의. 자네다."

"그런데도 하라는 겁니까?"

"어차피 할 거 아닌가. 아주 잠시 금제가 사라질 거고. 안 그런가?"

미쳤다.

대체 이자들을 데려다 이렇게 만든 자들이 어떤 자들인지는 몰라도 미친 게 확실했다.

금제가 있어 어차피 죽을 것이라 해도, 한시라도 더 살고 싶은 게 본능 아닌가.

본능도 이기는 게 사람이라지만, 이들은 너무 심했다.

'그래도 선택권이 없나.'

이들이 가진 광기에 자신도 모르게 거부감을 느끼던 운현이지만 현실로 돌아올 수밖에 없었다. 현실은 결국 낭아라는 자의 말에 따라야 한다는 거였다. 그게 현실이다.

"좋습니다. 고통이 클 겁니다."

운현이 한숨을 내쉬며 금제의 기운이 서린 곳에 손을 다시 가져다 댄다.

'한 번에 해야 해.'

심호흡을 한 번 하고 준비를 끝마쳤다. 그러고는 바로 움직였다.

"알겠네. 크윽…… 크."

운현이 기운을 운용하자마자, 고통이 느껴지는 것인가.

잠력을 격발시키고도 용케 버티던 낭아가 자신도 모르게 신음을 크게 내뱉는다.

'바로 해야 해.'

미리 준비한 자백제를 입을 벌려 삼키게 만들고서는 묻는다.

그동안 숨겨 왔던 질문들을.

*　　　*　　　*

형운사. 주지. 수련동 위치.

어느 조직인지, 대의가 무엇인지는 듣지도 못했다.

그것은 자신이 막은 금제 말고도 다른 무언가에 막혀 있는 듯 입 밖으로 나오지가 않았다.

계속해서 시도하자, 그는 심각한 고통에 시달렸다.

또 다른 금제가 있었던 게 분명하다. 지독했다.

그러고도 들은 게 그 셋이다.

형운사와 주지는 알 만했다. 다만 수련동은 직접 눈으로 살펴봐야 할 거다.

그리고 지금 이 순간까지도 알지 못할 말은,

"이 사제만큼은 같은 피해자다."

라는 말이었다. 고통에 몸을 부르르 떨면서도, 피를 토해 내면서도 어떻게든 끝마쳤던 말이다.

처절하게.

그 말을 내뱉으면서 죽었다.

죽음에 의연했던 자, 낭아라는 말에 어울리는 모습을 가진 자의 마지막이라고 하기엔 추했다.

그게 유언이라면 유언이었다. 의미도 이유도 알지 못할 유언.

'정이라고밖에는 해석 못 하겠지.'

사제라 했으니, 사제지간의 정인 것이 분명할 거다.

자신에게 형제가 있는 것처럼 그들에겐 사제가 있는 거겠지. 대의라는 이름을 앞에 두고 사람을 쉬이 죽이는 자들치곤 우스운 유언이기도 하다.

그 많은 죽은 자들보다, 사제 하나가 중요하다는 건가?

하기야 사람이란, 저 멀리서 죽어 가는 자보다 자기 손끝에 걸린 가시에 더 고통스러워하는 존재가 아니던가.

그도 그럴 수 있겠다 싶었다. 사람은 이기적이니까.

"휴우. 다 됐나."

마무리를 하고 정리를 하는 사이, 이곳에 깔려 있는 시체들을 모두 정리할 수 있었다.

미약한 기운으로 버티던 내상 입은 자도 취조를 하는 사이 죽었다.

정리를 하고 보니 주로 내상과 검상을 입은 자들이었다.

'묻어 줄 시간도 없고, 묻을 수도 없겠지.'

이들을 모아서 묻으려면 아무리 그라 해도 무리다.

대신 삼매진화를 일으켜 태우는 건 가능했다. 주변에 땔감 정도야 널렸다.

화아악—

잘도 타오르기 시작했다.

그들의 의념을 함께 태우기라도 하듯 모아 놓은 시체들은 전부 다 탔다.

실상 이들의 시체도 정보 수집에 좋은 소재가 될 수도 있다. 시체가 말은 못해도, 시체 자체가 많은 것을 남긴다. 하지만,

"할 일이 있으니까."

그의 계획을 생각하면 어쩔 수 없었다. 지금까지 드러난 정보로도 족하다 생각해야 했다.

한참을 타오르는 것을 보던 운현이 다시금 움직이기 시작했다.

"남은 건 숨는 건가."

미리 약속이 되어 있는 다른 산의 중턱을 향해서다.

경공을 펼쳐 움직여 가니, 미리 표식이 새겨진 곳이 보였다.

다른 이라면 모르겠지만 몇 번이고 확인을 했던 운현이기에 모를 수가 없는 표식이었다.

하오문에서 만든 표식이다. 정확히는 하연화가 만들어 줬을 표식이다.

하오문은 대외적으로 어디까지나 중립이었으니까.

"해 볼까."

표식 있는 곳의 안을 여니 작은 공간이 드러난다.

살아 있는 나무였던 주제에 그 안은 비어 있다니.

괴이한 짓이다. 이 또한 어떤 비법으로 해낸 일일 거다.

'하오문도 은근 능력자가 많아.'

얼마 전까지만 해도 정보가 전해졌던 건지, 안에는 만들어진 지 얼마 안 돼 보이는 서책이 있었다.

안 봐도 속은 훤했다.

정보일 거다.

그동안 얻은 것들에 대한 정보. 이곳에 온 자들, 그들의 출신, 행적. 최대한 많은 것들을 적어 놓았을 거다. 두꺼웠다.

의복을 먼저 갈아입고, 이미 만들어져 있어 미리 준비된 인피면구를 쓴다.

'어렵군.'

역시 사람은 없을 때 불편함을 느낀다.

서툴기는 하지만 남궁미와 함께 인피면구를 쓸 때는 이만큼 어려움을 느끼지 않았었다.

꽤 어설픈 손놀림으로 몇 번이고 인피면구를 써대는 운현이었다.

"으음……"

역시 어설프기 그지없었는지, 부족함이 조금씩 보여 몇 번이고 고쳐 썼다.

얼마 뒤.

운현을 대신해서 훤칠한 덩치에 꽤나 흉한 인상을 가진 자가 만들어졌다. 얼굴 가득 사선으로 그어진 흉터가 가장 먼저 눈에 가는 인상이었다.

긴 흉터가 특징이 되어 가장 먼저 얼굴에만 시선이 갈 게 분명했다.

다른 이들은 그가 운현이라고는 생각지도 못할 것이다.

'정운보라고 했지.'

이런 일에는 철저한 하오문답게 그에 대한 인적사항은 이미 만들어져 있었다.

정운보.

잘해야 이류무사인 사내다. 권법이고 검법이고 상관없이 신변잡기를 익혀 사용하는 자다. 일가친척도 없이, 낭인으로 떠도는 자. 하오문에서 만든 신분이다.

'쓸 만하군.'

어떤 무공을 써도 당장 티는 안 날 수 있다는 소리다. 좋은 신분이다. 역시 하오문에서 준비한 것이어서 그런지 급히 준비한 것들치고는 꽤 그럴듯했다.

"흠…… 그럼 형운사에 대한 조사는 따로 시키고, 일단은 그 주변부터 돌아야 하는 건가."

급할수록 돌아가라 했다. 너무 급히 움직이면 저쪽도 눈치챌 거다. 조금씩, 주변에서부터 조여 나가야 했다. 그게 성미에 맞기도 하고.

"이대로 움직이면 되겠군."

하오문에서 전달한 정보에 있는 곳들을 뒤진다. 우선은.

그곳에서 정보가 제대로 됐는지, 혹시 다른 인물들은 없는지 알아낸다.

그러곤 바로 형운사를 향할 거다.

수련동은 다음이다.

수련동이란 곳은 이름 그대로 수련을 하는 곳이지 않겠는가. 당장은 형운사보다 중요하다 여기기 힘들었다.

'들를 곳이 많군.'

이곳저곳으로 들를 곳이 많았다. 상황이 바쁘게 돌아가고 있었으니까.

준비를 하고 움직이려니 문득 떠오르는 자가 있었다.

"그나저나 이 사제라 했던가."

이 사제가 누군지는 몰라도 구하기 힘들 거다.

그런 성을 가진 자가 더 있을 걸 넘어간다 쳐도 만나는 이마다 이 사제냐고 묻고 다닐 수는 없지 않은가.

구하는 건 역시 불가능했다.

그도 설사 이 일의 피해자라 하더라도, 자신은 신이 아니니 어쩔 수 없음이다.

"가 보자."

화아악―

다시금 삼매진화를 일으킨다. 미리 타도록 마른 건초들이 준비되어 있어선지 잘도 타들어 갔다.

지금부터 운현은 잠시 쥐도 새도 모르게 사라지는 거다.

호북 내에서는 아마 부상을 입었다 소문이 날 거다. 하오문이, 자신의 의방이 그리 말을 해 줄 거다.

그 사이 벌어 놓은 시간으로 움직인다.

이류무사 정운보로서.

*   *   *

얼마 지나지 않아서 신호가 왔다.

운현이 있어야 할 등산현을 향해서 온 신호다. 일을 벌여야 할 때가 됐다.

신호를 받아 든 하연화로서는 온갖 걱정이 가득한 표정이 었다.

"생각보다 이르네요. 그래도 시작해야겠죠?"

하연화가 보기에 운현이 하는 방식은 어설픈 부분이 많았다.

홀로 움직이고자 하는 것도 마음에 들지 않았지만, 일 자체가 서툴러 보였다. 이래서야 정보를 제대로 숨길 수나 있는 건지 알 수 없는 노릇이다.

그래도 그가 바랐으니 들어는 줘야했다.

타들어 가는 하연화의 속도 모르고, 한울은 이 일이 주는 짜릿함을 즐기는지 웃는 기색이었다. 장난기 많은 악동의 표정이었다.

"후후. 대역은 이미 도착했을 겁니다."

"그리고 저희가 찾아가야겠죠. 그럴듯하게요. 안 그러면 위험하실지도 모르니까요."

"예에. 그럴듯해야죠. 당연한 거 아니겠습니까?"

경산(京山)현 근처에서 부상을 당한 걸로 소문이 날 거다. 운현을 공격해 온 괴인들로부터 도망을 치다가 크게 부상을 당하고 살아남았다는 내용으로 말이다.

가는 내내 운현 의방 사람들과 모두가 그리 알 거다.

겉으로 보면 그럴싸하지만, 안을 파고 보면 허술했다.

운현이 추격을 피하면서 경산현까지 도달을 했다는 점도, 절정에 이른 그가 부상을 입은 것도 꽤 허술하다.

추격자들이 어디에서 나타나고, 어디로 사라졌는지도 허술한 점이 많다. 하지만 학사 한울의 말을 빌리자면 이런 허술함이 때로 좋은 '소문 거리'가 된다고 한다.

"사람이란 호기심이 넘쳐서 빈 곳은 알아서 채우려고 드니 괜찮습니다."

라던가.

계획의 허술한 점은 사람들의 상상력이라는 것으로 메꿔진다고 우긴다. 하오문에서 전격적으로 나서주면 좋으련만 하연화로서는 지금까지 해낸 게 최선이었다.

인피면구, 소문과 같은 것들도 그나마 하오문에서 운현을 좋게 생각한 덕분에 할 수 있는 것들이었다.

정보 분석은 물론 하연화 혼자만의 힘이었다.

지금까지는 제법 잘 해낸 듯하다. 그래도 여전히 불안한 그녀였다.

그래서인지 그녀의 얼굴에서는 불안감이 가시질 않았다.

"잘되겠죠?"

"그럴 겁니다. 신의님 아니십니까. 지금까지도 잘해내셨습니다. 충분히요."

"그건 알지만…… 그래도요."

아무래도 마음속 낭군의 일이어선지 떨리는 것은 어쩔 수 없었다. 그녀 특유의 불안일지도 몰랐다.

"여기서 이러고만 있어서 뭣 하겠습니까. 가야죠."

"긴 여정이 되겠군요."

한울, 하연화 그에 더해서 의원 몇까지 나설 예정이다. 운현의 부상이라는 '소문'을 만들어 내기 위해서.

'휴우. 아무리 그래도 두 번은 못 하겠어.'

생각보다 긴 여정이 될 수도 있겠다는 생각이 드는 하연화였다.

운현과 한울이 보기에는 가슴이 두근거리는 일이다.

하지만 여인이 보기에는 한없이 걱정스럽기만 한 암행이 시작됐다.

第十四章
직진하다

당양(當陽)현.

해가 저물어가고 밤이 된 지 오래인 시간이다.

그럼에도 한가로운 듯 저잣거리에 사람이 오갔다.

오늘 하루도 별다른 일이 없다는 듯 평화롭기만 한 곳이
다.

그 한편을 차지하고 있는 것 중 하나가 당중객잔이다.

이름 높은 곳은 못 돼도, 싸고 친절한 곳은 되는 곳이었
다. 드문드문 마을 손님도 오가는 그런 객잔이다.

숙식 전부를 해결하기보다는 오로지 식(食)이 주로 해결되
는 곳이다.

객잔이래도 식당에 가까운 곳이다.

특이하게도 요식업 중 가장 돈이 되는 술손님은 받지 않는지라, 어두운 밤이 되면 손님이 없는 곳이기도 했다.

마을에 하나쯤 있을 법한 평범한 곳에 누군가 발을 들였다.

흉터에 시선이 절로 가는 사내였다.

"어이쿠! 머물러 오셨습니까? 저녁 식사는 이미 마감했습니다만은요."

주인이 나왔다. 꽤 나이를 먹었다. 하기야 그쯤 돼야 객잔 하나는 차지하겠지.

점소이는 이미 들어가서 자고 있는지 나오지도 않았다.

그래도 친절했다. 객잔에 머무른다 하면 몇 냥이라도 싸게 해 줄 요량이 보였다.

하지만 흉터 가득한 사내는 머무를 생각이 없는 듯 어딘가 어색하며 무뚝뚝한 표정으로 물었다.

"한오남."

흔한 이름이다.

마을마다 한 명 정도는 있을 듯한 이름. 마을에 하나 있을 법한 당중객잔과 딱 어울리기도 했다.

많이 낳고, 많이 죽어 가는 곳이니 다섯째 정도에 살아남은 운 좋은 자의 이름이기도 했다.

"예? 제 이름은 어찌 아셨답니까."

"적혀 있더군. 명부에. 대의는 아는가?"

"하핫. 원. 대의라니요. 이런 필부가 뭔 대의랍니까. 농담도 잘하십니다."

"그런가. 모른다는 거지. 대의를."

"아무렴요!"

어색하지 않은 척. 자연스럽게. 정말로 궁금하기라도 하다는 듯 고개를 갸웃한다.

'갸잖기는.'

표정을 속이고, 목소리를 속여도 하나는 못 속인다.

기운.

며칠간 몰래 숨어 살피고, 특별한 행색이 안 보여 찍어 넘겨봤다.

이름이라도 부르면 뭔가 나오지 않을까 싶어서.

소 뒷걸음에 쥐 잡듯 한번 잡아보려 한 거다. 성과가 별로 없었으니까.

그런데 옳거니! 할 만하지 않은가?

오남의 기운이 분명 흔들렸다.

십수 년 전에 외지인으로 찾아와 객잔의 점소이였던 자.

그가 오고 일 년도 되지 않아 일가친척 없던 객잔주가 갑작스레 요절하여 자연스레 객잔을 이은 자.

성실하게만 일을 하던 그 자.

저녁에 가끔 멀리 마실을 나가는 걸 제외하면 특이할 것 없는 자가 기운이 흔들렸다!

아주 작은 미묘한 흔들림이지만 그 정도면 충분했다. 사내는 흔들림을 감추려는 듯 더 조잘댔다.

"이거 이거. 죽이려면 저 같은 중년보다는 숙여주는 아가씨들이 있는 곳이 어떻습니까?"

"그런가."

"저기 조 옆에 가면 좋은 기방이 있습니다요. 여자 죽이는 저승사자에게 어울리는 건 그런 곳 아니겠습니까."

먹혀들 거라 생각하는 건가. 이런 대화가.

'아니군.'

환화세공이란 것과 꼭 닮은 기운을 가진 오남의 기운이 한곳에 뭉치기 시작했다. 아주 은밀하게. 아래로 내려가고 있었다.

이 속도라면 다리에 있는 곡천혈에 기가 뭉쳐들 거다. 그러곤 크게.

쒜에엑—

지금처럼 한 방이 날아들겠지.

터억.

몰랐으면 모를까. 알고 있는 수다. 흉터 사내 정운보로 화

한 운현은 바로 막아냈다.

아주 쉽게.

'확실히 보통 무공은 아냐.'

알고 막아 내기는 했지만, 무거운 한 수였다. 은밀하게 준비한 수치고는 강맹했다.

은밀함이 거짓이라도 된다는 듯이.

오남은 이 한수에 바로 먹혀 들 거라 여기진 않은 듯했다.

"치잇. 되놈!"

바로 이타가 날아들었다. 각법을 전문으로 하는 자인 듯 바로 발길질이 이어졌다.

연쇄적으로 발이 계속해서 이어졌다. 검으로 치면 쾌검이다.

빨랐다. 좌우를 가릴 것도 없었다.

운현은 그런 자를 상대로 팔을 들어 막아내었다. 한 번에 하나씩.

다가온 발길질을 파리 쫓듯 툭툭하고 막아 내는 운현이었다.

이대로는 안 된다 여겼을까.

"어디서 온 놈이냐!"

기세를 갈무리하려는 듯, 뒤로 물러나며 묻는다.

설마 운현이 막지 못해서 죽기라도 하면 아무것도 묻지

않을 셈이었던 건가. 물음이 너무 늦지 않은가?

"명부 적는 곳이 어디겠어?"

인피면구로 얼굴이 가려져서인지 운현의 말투는 평소보다 더 거침이 없었다.

그게 도발로 여겨졌을까, 오남이 다시 자세를 잡으려는 찰나,

"미친놈! 엇? 어어억?"

투욱. 툭.

운현이 막아 내었던 그의 다리, 그가 자랑하던 퇴법을 펼치던 다리에서 피가 쏟아져 나오고 있었다.

칠공에 피를 토하듯 한다는 그런 거창한 표현은 필요 없었다.

혈 자리.

무릎에 가까운 혈 두 개. 족삼리. 음릉천.

팔을 으깨버리려는 듯이 달려들었던 곳의 풍륭. 발끝으로 운현의 가슴께를 찍어버리려고 했던 은백과 대돈 혈.

그와 부딪쳤던 혈들.

오남으로서는 부딪칠 때마다 싸한 느낌이 들던 혈들이 전부 터져 버렸다.

큰 대침에 찔려버리기라도 한 듯이! 한 번에!

혈이 찢어지고도 버티는 무인들은 없다. 오남은 서 있던

그 자세 그대로 풀썩하고 쓰러졌다.

"무, 무슨 짓을 한 거냐."

퇴법으로 안 되니, 도망. 그마저도 여의치 않으면 미리 준비했던 함정으로 운현을 끌어들이려 했던 오남이다.

그로서는 지금 이 상황에 도무지 정신을 차릴 수가 없었다.

자신이 자랑하던, 객잔주로 있으면서도 단련을 쉬지 않았던 그 다리가.

무너졌다. 아니 아예 상실했다. 혈이 터진 무인이 어찌 무인이겠는가.

불구는 죽은 것이나 다름없다.

이러느니 차라리.

독한 마음을 먹은 오남이 콱하고 입을 다물려고 했다. 어금니에 머금은 독단을 씹으려 한 거다.

하지만.

"웃?"

어느새 그의 턱에 쒜엑하고 박혀 들어오는 침이 있었다. 날리는 것도 제대로 보지 못했는데, 박혀든 거다.

실상 그의 착각이었다. 침이 박혀든 게 아니었다. 운현의 기였다.

기는 충실히 운현의 뜻을 따르려는 듯, 오남의 목적을 막아내었다.

독단을 씹으려던 턱이 그대로 멈췄다.

"으, 으억."

당했다.

그 생각이 마지막이었다. 그대로 혼절해 버리는 오남이었다.

*　　*　　*

큰 망태에 오남을 들어 옮기던 운현은 미리 봐놓은 장소로 움직였다.

'역시 없군.'

며칠을 두고 봐둔 곳인지라 인기척은 주변 어디서도 느껴지지 않았다. 그의 예민한 감각에도 느껴지는 게 없으니 확실하다.

객잔으로부터 이각 동안은 경공을 펼쳐 온 보람이 확실히 있었다.

사람이 없음을 느낀 그는 그대로 망태에서 오남을 꺼내어 들었다.

다리에 혈 자리는 이미 출혈이 멎은 지 오래지만, 다리를 절고 있었다.

부작용인 게 분명했다. 하지만 알 바는 아니었다.

'쓸데없는 짓일지도 모르지만, 그래도 확인은 해야지.'

운현이 옆에 있는 작은 그루터기에 앉으려니, 오남이 그제야 정신을 차렸다.

"무슨 짓이냐!"

"오남."

"무슨 짓이냐고 물었다!"

겨우 잡아낸 자들은 어째서 이리도 한결같은 모습을 보일까.

조직이란 곳에 관련된 그들. 이름도 모를 그들은 언제나 이런 식이었다.

대체 죽음 뒤에 뭐가 더 있다고.

자신같이 다음 삶을 얻지 않고서야 죽음은 죽음으로 끝일 거다.

그런데도 저들은 항시 이런 식이었다. 죽음이 두렵지는 않다는 듯.

그래도 얻어낼 건 얻어내야 했다. 적어도 이자는 연락책으로는 보였으니까.

"이야기를 좀 나누지. 형운사와 관련해서."

"모른다!"

"강한 부정은 강한 긍정이라지."

이야기해 볼 게 많았다.

금제도 경험이 쌓이니 전보다는 더 수월하게 조종이 가능했다. 전보다 더 얻을 수 있는 게 많을 거다.

'해야지.'

마음속에 느껴지는 죄책감이란 덩어리를 잠재우면서, 금제를 조종하기 시작하는 운현이었다.

더 알아내야 했다. 그들에 대해서. 뿌리 끝까지 뽑아내기 위해.

*　　*　　*

운현이 암약을 할 사이.

소문이라는 건, 그가 암약하는 속도보다 빠름을 증명하듯 더욱 빠르게 퍼졌다.

신의의 부상에 관한 소문은 무림의 소문이었다. 하오문에서 주관하여 더 크게 내기도 하였으니까.

하지만 무림의 소문이니, 무림인들끼리만 아는 걸로 넘어가지는 않았다.

"신의님이 부상을 당했다네."

"몇 달은 더 요양해야 할 부상이라더군. 신의님이 무림이란 곳에서도 고수 아니었나?"

호북 사람들에게 있어 운현은 특별한 자였으니까.

그가 역병을 치료하고, 선의를 베푸는 것을 모두 안다.

그뿐이랴.

네 개의 현에 만들어졌다는 운현이 운영하는 의방은 양민들에게 있어 자신들의 현에도 생겼으면 하는 곳이다.

그곳은 자신들이 다니는 의방과 다르게 친절하였으며, 의원들도 명의라는 소문이 자자했다.

중한 환자도 어렵사리 찾아가면 나아 온다고 소문이 났다.

그들에게 운현은 선망의 대상이자, 어떤 작은 희망이었다.

그런 자가 부상을 입었다 하니, 무림이 아닌 일반 양민들에게 소문이 나는 것도 당연했다.

운현이 자신이 움직일 시간을 벌고자 만든 소문은 묘한 방향으로 흘러가게 됐다.

"신의님이 다 당하시다니. 어째 좋지는 않구먼."

"계속해서 일이 벌어지니…… 그래도 신의님이 계셔서 희망이 있었는데 말일세. 이러다 우리 지역에는 신의님 의방도 못 들어오는 거 아니겠는가?"

"허어. 설마 그럴라고. 그래도 신의님 아닌가."

"불안하구먼……."

신의가 있다면, 좀 더 나아진다. 의방만 생기는 게 끝이 아님을 못 배운 양민들도 알았다.

그와 함께하는 상가, 표국, 의방이 여러모로 좋게 소문이
나 있었으니 당연했다.

그러니 불안해한다.

신의가 하는 일은 이미 호북의 권력을 가진 자들에게는
몰라도 양민들에겐 희망이다.

그런 희망이 흔들리고 있으니, 민심이라고 어디 제대로 흘
러갈까.

당장 민심이 흔들리기 시작했다. 호북에 한정되기는 했지
만, 한 사람의 영향력이라고 하기엔 너무 컸다.

소문이 퍼지면 퍼질수록 흔들리기 시작하니 소문을 퍼트
리던 하오문으로서도 난감할 정도다.

운현이라는 한 사람이 가진 파급효과가 운현 본인이 생각
하는 것 이상으로 컸다.

하기야 사람이 여기까지 계산하는 건 불가능한 일이었을
지도 몰랐다.

민심이라는 것은 예측하기도 재단하기도 힘든 일이니까.

생각보다 일이 커졌다.

"어쩌죠?"

하연화로서도 울상이었다. 수습하지 못할 큰일을 벌인 기
분이었다.

"그래도 다들 속아는 주고 있잖습니까?"

"그게 그렇게 될 문제가 아님을 아시잖아요? 이렇게 일이 커져서야 수습이 더 어려워진다고요."

몇 달 정도 정양을 하고 치료를 하는 것으로 끝을 내려고 했다.

소문 자체가 시간을 벌기 위함이었으니, 시간만 버는 걸로 충분하다 여겼다.

그래서 약간 허술하지만 실행을 할 수 있었던 것이기도 했다.

그런데 그게 이렇게 커질 줄이야. 하연화의 손을 벗어난 느낌이었다.

"일단은 의연하게 대처하는 수밖에 없지 않겠습니까? 어려워도 어쩔 수 없지요."

"휴우……."

하연화는 한없이 속이 편해 보이기만 하는 한울이 부러워 보일 따름이었다.

하지만 한울은 불안해하는 하연화보다 몇 수를 더 보고 있었으니.

'민심이 원하면, 아무리 제약이 있어도 어쩔 수 없겠지.'

그는 이번 소문을 이용하여 생각보다 더 크게 일을 벌일 참인 듯 복잡하게 머리를 굴리고 있었다.

의방. 그리고 운현을 위해서.

＊　　　＊　　　＊

"빌어먹을……."

늦장을 부리는 게 아니었다.

정보가 더 필요할 거라 여겨서, 빠진 게 있을 거라 여겨서 시간을 들여 움직여 갔다.

시간이 걸려도 확실히 움직이는 게 맞는 거라 생각했다.

자신에 대한 소문이 돌았고, 예측되지 않은 방향으로 파급되긴 했지만 덕분에 움직일 시간을 얻었다 여겨서다.

특히나 가장 중요한 걸 얻지 못해서 더욱 뜸을 들인 거기도 했다.

'강시.'

남궁미와 갔던 그곳에서 상대했던 강시를 잊지 않았다. 호북에서 직접 상대했던 강시들이다.

호남에 가서도 양민들을 향한 패악질을 보았었다.

어쩌면 그들이 호북뿐 아니라 호남에도 이어져 있는 긴 조직이겠거니 싶은 생각이 들었었다.

모두 강시에 관련해서.

그래서 이들을 뒤진 것이다.

이번에 움직임이 있던 자들. 그들과 관련된 자들을 수색하고 다녔다.

점조직이니만큼 더욱 치밀하게 뒤를 캤다.

하오문의 도움을 직접적으로 바랄 수 없으니, 시간이 더 들기도 했다.

오남만 해도 그러했다. 그런데 그게 악수로 작용할 줄이야.

'안일했다.'

아니, 자신이 안일한 게 아닐지도 몰랐다.

저들이 항상 한 수 위의 악질적인 수법을 보이는 것일지도.

"후우. 후……."

오남에게서 얻은 정보는 충격적이었다.

금제를 더욱 오래 조절할 수 있었기에 더욱 많은 것을 알 수 있기도 했다.

그들은 세상에 죽어 가는 많은 이들을 노렸다.

염을 하는 자. 절에서 공양을 드리는 자. 공양을 드리러왔다 실족하는 자. 실종되는 자.

그들 주변에 있는 모든 죽음에 관련된 자들을 그들은 재료로 삼았다.

무인도 마찬가지다.

특히 산적들이 들끓었을 때 죽은 애꿎은 희생자와 산적은 그들에게 진수성찬이나 다름없었다.

그들 시체가 전부 어디로 갔을까. 누가 그것을 살폈을까.

누군가 신경이나 썼을까?

죽음은 죽음으로서 끝이 난다 여기지, 그들을 챙겨 수습할 자는 많지 않았다.

연고가 없는 자는 그대로 버려진다. 산적들의 시체는 더더욱 그러했을 거다.

그들은 그 틈을 노렸다.

미처 태워지지 않은 시체, 수습되지 않은 시체. 그 모두 무인들의 시체다.

많았다. 많아도 너무 많았다.

운현도 그때의 직접적인 피해자 중에 하나였으니 기억을 하지 못할 리가 없었다.

자신의 의방에만 달려든 자가 백이 넘었고, 호북 전체에 수천이다.

공물을 노린 자들에, 그것을 막다가 죽은 표사들까지도 많았다.

수습할 자는 다행히도 수습이 되었지만, 못한 시체도 너무 많았다.

참혹한 수준이었다. 다행히도 잘 해결이 되었었다지만, 죽은 자가 돌아오지는 않았다.

"젠장……."

그러니 달려야 했다.

그때 미처 챙기지 못한 죽은 자들. 그들을 점조직을 통해서 모았다고 한다.

오직 한 가지 목적을 위해서. 강시.

대량으로 만들어 대니, 전에 상대했던 그런 약한 강시일지도 몰랐다.

그쯤이야 이제는 백도 감당을 할 수도 있다. 하지만 그런 강시가 천에 가까워지면?

'확실히 무리.'

또 많은 희생자들이 나올 수 있다. 그 희생자들이 다시 강시가 되어 달려들 수도 있다.

이 호북성에서.

자신의 고향인 곳에서.

그것을 막으러 가야 했다. 그러니 달린다.

당양현에서 형운사가 있다는 곳으로. 몸을 날리고 있었다. 쉼 없이.

단 한 구라도 더 생산되는 것을 막기 위해서.

사람의 시체로 장난질을 하는 빌어먹을 새끼들을 막기 위해서 달리고 있었다.

第十五章
형운사

죽은 자들을 위해서 달려가는 자가 있다면, 산 사람을 위한 자도 있어야 했다.

학사 한올이 그러했다.

운현으로부터 의방의 운영에 관한 전권을 위임받다시피한 그다.

제갈소화가 나가고 서찰로 받은 것이긴 하지만 그것으로도 충분했다. 그가 운현에게 배운 방식으로 일을 벌였다.

"의원분들도 슬슬 준비가 되었다지요?"

"적어도 현 한 개에서 두 개는 더 확장할 수 있을 겁니다. 아이들이 커가면서 돕는 것도 있지요."

운현의 의방에 가장 먼저 왔던 의원들은 네 개의 현으로 흩어졌다.

운현으로부터 배운 의술을 펼치고자 각자 하나씩의 의방을 맡고 있는 셈이다.

모두 의명 의방이라는 이름 아래로 뭉쳐 있었다.

그러고도 남은 자들이 꽤 되었다. 그들은 남아서 새로 온 의원들을 가르치며 함께 교류했다.

그래서 의명총의서가 나올 수 있었던 거다.

기간은 짧았으나 많은 의원들의 손길을 스쳐 지나가, 깊이를 더해서 만들어진 게 의명총의서였다.

그걸로도 한울은 만족을 못하는 듯했다.

"그럼 슬슬 한두 개 현은 확장해도 되지 않겠습니까?"

"무리인 걸 아시잖습니까?"

"예. 황녀님의 말씀이 있기는 했지요. 신의님께 직접 들어 기억합니다."

황녀가 직접 허락한 곳은 네 개의 현까지다. 나머지는 그녀의 입장상 허락지 않았다.

그러니 의방을 확장하자는 건 황녀의 뜻에 반하는 일이나 다름없었다.

황녀가 황제는 아니나, 그녀의 지위는 결코 낮지 않았다.

그녀의 말을 어겨서 좋을 것은 없었다. 하지만.

"소문이 소문이잖습니까. 신의님이 부상당했다는 것 하나만으로도 일이 커졌습니다."

"그건 그렇지요."

난리가 났었다.

의방 사람들 중에서도 운현의 계획을 제대로 모르는 자들도 불안에 떨었다.

이통표국도 마찬가지였다. 무당 제자로 보냈던 장손이 다쳤다는 소식을 듣지 않았던가.

표국 사람부터 신경을 써야 했으나, 일을 벌이느라 미처 신경을 쓰지 못했다.

덕분에 부상 소식을 들은 표국 사람들도 난리였다.

지금에야 하연화가 가서 설명을 하고 달랜 덕분에 괜찮아졌다지만 꽤나 복잡했다.

"그 한바탕 일을 벌이자마자, 바로 움직이자는 겁니까? 걸리는 게 너무 많습니다."

"그래도 지금이 기회입니다. 신의님이 부상을 당했다니 어떻습니까?"

"호북이 난리 아닙니까. 덕분에 설명하는 걸로도 벅찹니다. 후……."

생각 이상으로 난리다. 시간이 지나면서 잠잠해질까 싶었는데, 여전했다.

신의가 점차 나아지고 있다는 소문도 흘려보았지만 무용이다.

사람들은 운현이 다시금 쌩쌩한 모습을 보이기를 원하는 듯했다. 그 이전까지는 제대로 믿지 않을 기세다.

"바로 그걸 이용하잔 겁니다."

"어떻게요?"

"신의님의 부상은 차차 나아지고 있다. 일을 함에도 문제가 없다. 그럼에도 민초가 불안해한다. 뭔가 술술 읽혀지지 않습니까?"

한울의 설명은 쉬웠다. 민심을 이용한다는 거다.

"먼저 요구하도록 만들자는 겁니까?"

"그런 거지요. 가까이 있는 현부터요. 이를 테면, 황석(黃石)현이 꽤 우호적이죠."

"그렇기는 합니다만은……."

황석현. 함녕현의 위에 있는 현의 이름이다.

그곳 사람들은 당장 바로 아래에 있는 함녕현의 의명 의방을 부러워하곤 했다.

더욱 싸며, 효과적이면서 체계적인 진료를 하니 어찌 소문이 안 돌까. 거기다 지리적으로 가까워 소문도 더욱 빠르게 도니 다른 곳보다 부러워함은 당연했다.

"만들 때 만들더라도 먼저 만든 게 아니게 되면 됩니다.

이를테면 황석현 사람들이 요구를 했다. 그들이 불안해하니 어쩔 수 없이 움직였다. 어떻습니까?"

"명분은 좋군요. 하지만 역시 걸리는 게 많습니다."

한울의 자신감 어린 목소리에도 의원들을 관리하고 있는 우진으로서는 여전히 불안한 듯했다.

의술에 있어서는 정진정명하는 우진이나, 역시 이런 쪽은 약했다.

그의 불안에도 한울로서는 어떻게든 해내려 하는 듯했다.

"제가 책임지고 움직여보도록 하겠습니다."

과연 그가 하는 일이 복이 될지 화가 될는지는 모를 일이 었다.

*   *   *

지원당주 제갈민.

제갈소화의 아버지기도 한 그는 꽤 오래 그녀를 방치했다.

운현이 떠나고 제갈가에 돌아온 그녀이니 온 시간이 제법 되었음에도 그러했다.

마치 가문의 일보다도 그녀 개인의 일에 더 우선인 것을 힐난하는 듯했다.

그 속내는 실상과 달랐다.

'차라리 오지 말지 그랬느냐.'

라는 내심을 가지고 있기는 했다.

한 가문의 사람이기 이전에 아버지로서 딸의 행복을 바라 그런 것이기도 했다.

그라고 해서 제갈소화를 부르고 싶었던 건 아니었으니까. 상황이 좋지 못했을 뿐이다.

운현과는 다른 방식으로 호북 무림을 움직이려니 손이 모자랄 수밖에 없었을 뿐이었다.

평화로운 때였다면, 중매라도 들여 어떻게든 딸아이의 마음에 맞는 신의에게로 딸을 보냈을지도 몰랐다.

제갈민의 마음을 아는지 모르는지, 돌아온 제갈소화는 오로지 침묵했다.

신의에 대해서도 더 할 말이 없다는 듯, 그곳에서 벌인 일들로도 충분히 피로를 느낀 듯 오로지 휴식만을 취했을 뿐이다.

책을 놓지 않는 그녀답지 않게 자수를 놓고, 다른 여느 여인들처럼 장신구를 찾기 시작했다는 게 변했다면 변한 모습이었다.

그런 그녀에게 오랜만에 제갈민이 찾아갔다.

"들었지?"

"뭘요?"

"소문. 눈과 귀가 있으니 듣지 못할 리가 없겠지."

"급하시군요. 이럴 때면 글귀 하나라도 빌리셨을 텐데요. 아니, 아버지 표현을 빌리자면 와각지쟁(蝸角之爭)이라 하는 게 맞았을까요?"

와각지쟁.

달팽이 뿔 위에서 싸운다는 말이다.

아무 소용도 없는 싸움이라며 제갈민이 즐겨 쓰는 말이었 다.

무림사의 사소한 다툼 따위는 그에게 아무 의미도 없다는 걸 놀려 비유하는 거였다. 자신을 고매한 학으로 여기듯 무 림사를 두고 즐기던 제갈민이 쓸 만한 어구였다.

그걸 그녀가 쓰고 있었다. 자신의 아버지를 놀리는 데.

딸의 놀림을 알아들은 제갈민이 잠시 인상을 찡그렸다. 하지만 당장 급한 쪽은 그녀가 아니라 그였다.

"고작해야 그런 정도가 아니잖느냐? 그런 일이었더라면 찾아오지도 않았을 게다."

"그렇겠죠. 바쁘시니까요."

"비꼴 때가 아니다. 어찌 보느냐?"

신의와 함께한 적이 있기에 묻는 걸까. 딸의 능력을 인정 해서 묻는 걸까. 그녀로선 답을 들어야 했다.

"뭘요?"

"이 상황을 말이다. 신의와 함께 있었으니 알지 않겠느냐?"

아쉽게도 전자였다.

자신의 아버지는 그녀의 능력을 높이 사기보다는, 신의와 함께 있었던 경험을 높이 샀다.

그녀가 제갈가를 나선 지 꽤 오랜 시간이 지났음에도, 그는 아직도 그녀를 천방지축의 호기심 넘치는 딸로만 보고 있었다.

'아직은 힘들까.'

의방에 있음에도 여러 번 요청을 하기에 인정을 하는가 했더니, 아직은 아닌 듯했다.

하기야 당장 제갈가에 일손이 부족하지만 않았더라면 그녀를 방치해 뒀을지도 몰랐다.

기세를 타고 오르고 있는 운현과 친분을 쌓는다는 것만으로도 제갈가에겐 이득이었을 테니까.

아쉬움을 삼키고서는 그녀가 아버지의 말에 답을 해 줬다.

"소문은 들었습니다."

"그래. 이미 그럴 줄은 알았다. 어찌 생각하느냐?"

"그건 역시 뒤부터 파악해야겠지요. 표면만 봐서야 얻을

게 무엇이 있겠습니까. 실상은……."

그녀가 자신의 뜻을 전하기 시작한다.

지원당에서 헛갈려하던 길을 그녀가 제시했다. 어떤 방향으로 나아가야 할지를.

어찌해야 호북성에서 움직이는 자들을 막을 수 있을지 이야기를 꺼내었다.

오랫동안 기다리고 있었던 것처럼. 길고 긴 말이었지만, 지원당주인 제갈민은 단 한 단어도 빼놓지 않고 들었다.

"……해서 저희는 저희 나름의 방식으로 움직여야지요."

"하."

자신도 모를 길을 제시했다.

제갈가에만 갇혀서 생각지 못한 방식을, 그녀는 홀로 배워 왔다.

신의가 딸아이를 변하게 한 건지, 그동안의 경험이 그녀를 변하게 한 건지는 중요치 않았다.

모르는 사이 훌쩍 성장해 버린 딸아이의 모습이 놀라울 뿐이었다.

"그래. 그럼 네 말대로 그리 움직여 보자꾸나."

때를 기다리듯 바삐 움직이는 제갈가에서 홀로 멈춰 있던 그녀가 움직이기 시작했다.

그녀와 함께 제갈가가 움직였다.

　　　　*　　　*　　　*

　운현이 사라지고 얼마 뒤.

　명학은 자리를 털고 일어났다. 그동안의 부상은 이미 잊은 지 오래라는 듯 그는 멀쩡한 상태였다.

　운현의 치료가 제대로 먹혀들어 간 게다.

　"네가 복이 많구나."

　그런 명학을 보고 운인은 한마디 툭 던졌을 뿐이었다.

　매일같이 아픈 제자의 병실을 찾아간 스승의 말치고는 투박했다.

　그러나 그게 그다운 모습임을 아는지 명학이나 가만히 바라보는 문환이나 별달리 말이 없었다.

　"얼마나 걸릴 거라 보느냐?"

　"한 달이면 충분합니다. 내력은 되었으니, 몸만 만들면 되겠지요."

　"한 달이라……."

　과연 한 달 만에 다시 본래의 몸을 되찾는 게 가능할까.

　누워 있는 몇 달이라는 기간 동안 몸을 단련하지 못한 명학이다.

　심법을 익혀 그로 얻는 내공을 기반으로 하는 무인이니,

아주 약해진 것은 아니다. 하지만 몸은 무공에 있어 기초라 할 수 있으니 그만큼 중요했다.

그런 몸을 한달 만에 다시 만들어 낸다. 불가능은 아니어도 어려운 일이다.

방법은 하나였다.

무리를 하는 거다.

만들었던 몸을 다시 돌리는 것이라지만 한 달 내내 수련과 내공심법을 돌려야 할 거다. 쉬지도 않고. 오직 심법만으로 피로를 씻으며 해야 한다.

오직 수련. 그리 해서야 사람이 사람답지 않게 살게 되는 거다.

"굳이 그렇게 해야 할 이유가 있느냐?"

"도와야 하지 않겠습니까? 동생이 나가 있습니다. 그것도 혼자서 말입니다."

"자신의 선택이지 않느냐."

"가만 누워 생각했습니다. 형으로서 제가 할 수 있는 것이라고는 직접 가서 그를 돕는 길뿐입니다."

"허어……."

무당은 운현의 뜻을 존중했다.

홀로 움직이고자 하는 운현의 뜻을 존중하여 따로 찾지도 않았다.

"부상을 당했다 한다. 그래도 괜찮으냐?"

"그 아이가 부상이라. 솔직히 스승님께서는 믿으십니까?"

그때 가만히 둘의 대화를 듣고 있던 준환이 끼어든다.

"말도 안 되죠. 저래 뵈도 자기 몸은 소중히 하는 놈입니다. 어렸을 때부터 그랬죠. 그러니 약 실험도 저한테 하지 않았습니까?"

"허허."

운인 도장이 가만 문환을 바라보니 그도 기회만 되면 나설 기세였다.

두 형들은 동생을 두고만 두고 볼 수만은 없는 듯했다.

운인 도장이 마지막으로 물었다.

"가장 어리나 그 아이는 절정이다. 작은 탈각만 있으면 더 높은 경지에 이를지도 모른다. 그래도 돕겠다고?"

"한손이라도 거들면 될 뿐입니다."

"확고하더냐? 무당을 나가서 또 횡액을 당할 수도 있다. 아니, 가서도 돕지 못할 수도 있다."

"그래도 확고합니다."

"이번에는 저도 허락해 주셨으면 합니다."

"허허."

결국 문환도 나선다 말한다.

수련을 할 시간에 명학과 같이 나온 게 이상하다 싶었더니만, 이 말을 위해서 함께 온 게 분명했다.

형제의 의지는 확고해 보였다.

'마음먹은 대로 돌아가는 세상이 아니건만…….'

다시 나가 또 어떤 일에 휘말릴지 모를 일이 아닌가. 그럼
에도 형제를 돕고자 나간다고 한다.

겁을 먹을 법도 한데 오직 확고한 태도로 스승인 자신을
바라보고 있을 뿐이었다.

형제를 위해 나선다는데 이런 제자들을 두고 뭐라 말을
하겠는가.

"너희의 뜻이 그러하다면 어쩔 수 없겠지."

허락의 말이 떨어졌다.

명학의 몸이 다시 돌아오는 날. 문환과 명학 모두 무당을
나설 게다. 운현을 도우러.

제갈가. 의명 의방. 그리고 무당의 형제.

운현이 없는 사이 많은 이들의 주사위가 던져졌다.

                    *   *   *

'정 사제가 잘하였을까.'

무리를 해서 많은 자들을 보내 주었다. 그게 사형으로서

해줄 수 있는 최선이었다.

덕분에 윗선에서 어떤 벌을 가할지 모르겠지만 후회는 없었다.

주지로 있으면서, 대의를 위한다는 명분에 많은 희생을 지켜보고 또한 시켜왔던 그다.

그런 그에게도 그의 사제들은 특별했다. 어리지만은 않지만, 젊은 유년 시절을 함께했기에 그럴지도 몰랐다.

'차라리 그때가 좋았을지도 모르겠구나.'

십수 년 전 대의를 향한 미래를 꿈꾸며 서로가 정해진 자리로 흩어지기 전까지.

매일 수련으로 지긋지긋하기만 하던 날이 좋았을지도 모르겠다 싶은 주지였다.

'나답지 않게 감상적이군.'

며칠 사이 꿈자리가 안 좋아서 그런 걸지도 몰랐다. 매일 흉흉한 꿈이 그를 찾아들었다.

목숨값을 내놓으라고. 더 죄는 짓지 말라고 사제들이 찾아왔다.

자신이 이미 짊어지기로 마음먹었던 짐이지만, 무거웠다. 그래도 벗어던질 수 없는 짐이다.

'이 일만 끝나면 그때는 쉬어야 할지도 모르겠군. 은거도 좋을지도.'

이 난리통에서 살아남을 수만 있다면.

길어지는 그의 상념을 깨는 건 의외의 존재였다.

"주지스님."

"음?"

영특했던 아이를 대신해서 들인 동자승이었다. 전의 아이보다 약간 무른 감이 없잖아 있었지만 그래도 성실했다.

자기 목숨 줄을 끊어낼 만큼 영특하지 않아 좋았다.

"오늘도 찬을 준비할까요?"

"찬이라."

오지 않는 사제들. 이제는 많이 줄어버린 사제들을 위한 찬이다.

우습게도 매일 준비하는 찬이지만, 먹고 가는 사제는 거의 없었다. 산사의 음식이라 맛이 없어 그런 걸지도 몰랐다.

"그래. 오늘도 준비를 해 보려무나."

"예에."

그렇게 그의 하루가 또 밝아가고 있었다.

그런 그를 찾아드는 자가 분명 있었으니.

바로 운현이었다. 달려오는 내내 그의 머릿속에는 한 가지 생각밖에 없었다. 호북, 호남의 강시. 그것만으로 과연 끝일까. 운현으로서는 그러길 바라는 마음이었다.

"후우…… 후."

이미 늦었을지도 모르지만, 그래도 최선을 다해서 달려 왔다.

막기 위해서다. 한 명이라도 더 죽고, 한 명이라도 더 역행하여 되살아나는 걸 막기 위해서.

철저히 점조직인 그들이지만, 총책은 있는 법.

그 총책이 형운사의 주지로 보이니 이곳을 잡으면 분명 강시들을 생산하는 곳도 알아낼 수 있을 거다.

'너무 멀리 돌아온 걸지도.'

가기 이전 숨을 고르고, 기를 돋우면서도 전방을 계속해서 주시하는 운현이었다.

미리 듣던 대로 영험하며, 신실하다 소문이 나서인가. 그를 찾아드는 향화객은 많이도 보였다.

그 신실함이 가식이라는 것을 생각하면 참으로 가증스럽기 그지없는 광경이다.

'이 정도면 할 만하다.'

열흘이 넘도록 급히 달려온 그다.

미리 길을 익혔다지만, 산에서 다니던 것과 다르게 형운사 길은 초행이나 다름없었다.

그럼에도 온 힘을 다해 달렸다.

그 덕에 빠르게 올 수는 있었지만. 초췌해 보이는 안색은 어쩔 수 없었다.

그것을 전방을 주시하며 하는 운기 한 번으로 메꾸려고
했으니 완전히 좋은 상태는 아니었다.

하지만 한시라도 빨리 마주할 수밖에 없지 않은가.

지금 이 순간에도 어딘가에서 만들어지고 있을 강시를 막
아야 했으니.

이른 시간부터 많아 보이는 향화객을 헤치고 그가 형운사
안쪽을 향해 들어간다.

길흉화복이라도 점쳐주는 건가.

사람 좋은 모습으로 많은 이들의 이야기를 들어주는 주지
가 보인다.

'그림에서 튀어나온 자 같군.'

사람들에게 주지를 그리라 하면 저리 그릴 듯한 모습이었
다.

눈빛은 선해 보이며, 표정은 인자해 보인다.

당당해 보이는 풍채가 믿음감을 심어주며, 이마의 주름은
그가 수행을 쌓아오며 같이 쌓여 온 고뇌를 보여주는 듯한
모습이었다.

그러니 딱 그림, 사람들의 상상 속에서 나온 모습이다. 그
누구라도 없던 신심도 생길 것 같은 모습이다.

그의 가식이야 어찌 되었든 이곳에 많은 자들이 찾아오는 건 이해가 갈 만했다. 적어도 겉으로는.

이곳에 있는 많은 자들 중 그 누구도 저 인지함이라는 가면에 가려진 진실을 모를 거다.

그가 살인을 저지르고, 죽은 자를 깨워 강시를 만드는 데 일조를 하고 있다고는 상상조차 힘들 게 분명했다.

조금씩. 아주 조금씩. 둘이 가까워진다.

그리곤 눈이 마주친다. 주지의 눈이 크게 뜨여진다. 놀랐음이 분명하다.

그러다 이내 그의 표정이 금방 원래대로 돌아온다.

"오셨구려."

주지가 운현을 맞이했다.

〈다음 권에 계속〉